異世娘子廚師魂 下

文創風 1275

顧非 著

目錄

第二十六章　拔刀相助

推車上的吃食已經賣完了，江有清跟季暉正在收拾攤子，路過想買的人瞧東西沒了，也挺失落的，但一想到季娘子明日就出攤，還是能忍忍。

季暉看了四周一圈，沒看見牛大壯的身影。自己只是讓他去洗個手，結果到現在還沒回來，可千萬別是掉進水裡了。

跟江有清打過招呼，季暉就要去尋牛大壯，還沒走兩步，就瞧見剛剛沒付錢的那兩人又回來了，身後還跟著一個滿臉是血的人。

季暉定睛一看，只見為首的人手上還拿著自家的那包炒河螺。

他的眉頭微微一皺，直覺不妙。

轉過身，季暉推著車就想走，江有清疑惑道：「不去找大壯了嗎？」

「等會兒再找吧。」

然而季暉沒走多遠就被人攔下了，正是余山。

余山身材魁梧，此刻他低下頭，戲謔地看著季暉道：「跑這麼快做什麼，做賊心虛嗎？」

江有清將季暉帶到一旁，護在身後道：「你胡說八道些什麼，我們又沒做虧心事，怎麼會心虛？」

何四將那瘦小的人帶到他們面前道：「哼！瞧你們賣的是什麼不乾淨的玩意兒，教我兄弟吃得牙都掉了！」

說著，他打開手上那包螺拿給他們看，一顆完整的牙正躺在炒河螺當中，上面還帶著血跡。

此話一出，周圍看熱鬧的人先笑了，紛紛開口。

「這是怎麼個受傷法啊？難道是整個螺放進嘴裡咬？」

「你們兩個又欺負魏書生了是不是？還訛上這娘子了！」

余山跟何四欺負魏書生不是一、兩天的事了，附近的人都知道。

聞言，余山朝出聲的人瞄了過去，接下來便沒人再敢幫江有清他們說話，生怕自己被余山報復。

「你們想幹什麼？」江有清心裡也很害怕，但是表面上絕對不能慫。

余山一臉壞笑。「自然是要你們賠錢嘍。」

江有清眉頭皺了起來，心想多一事不如少一事，便問道：「你要多少？」

余山伸出了五根手指頭。

「五百文？你也太黑心了吧！」江有清心頭一驚，她可沒賺到這麼多錢。

余山哈哈一笑道：「誰說是五百文，是五兩。」

江有清頓時呆愣。五兩？

季暉從江有清身後探出頭來道：「五兩？你怎麼不去搶?!」

……不對，他這就是在搶。

何四將魏書生往前推了一把，魏書生差點摔倒在地。「我這兄弟牙都掉了，一顆牙，可不是五兩能了事！」

「你怎麼證明他的牙一定是吃螺掉的？」季暉出聲質問。

余山出手往季暉面前一揮，拳頭在他眼前一閃而過。「我說是就是。」

季暉絲毫不畏懼，雙眸怒視他們。

五兩，阿姊辛辛苦苦賺的錢，他們張口誣衊、血口噴人就要拿走，不可能。就算挨打，他也不給。

何四伸手就要搶在推車上收著的錢，季暉立刻死死地壓住抽屜不放手。

余山想將季暉給甩開，可手還沒碰到他，就被一顆石子擊中，定睛一看，是一個小孩，手裡還拿著幾顆石子。

「快跑！」牛大壯叫季暉拿著錢就跑，自己則留在後頭爭取時間。

然而他哪是余山的對手，還不夠一個何四打，他沒兩下就將牛大壯摔在地上，牛大壯的腰撞在石頭上，小腿肚被劃開一道長長的口子，褲子頓時染了血。

季暉沒跑幾步，回頭就見著這個場面，頓時不敢再跑，怕牛大壯出了什麼意外。

牛大壯這輩子頭一次流這麼多血，想起魏書生那滿嘴是血的模樣，不禁渾身哆嗦。

見何四靠近牛大壯，江有清猛地衝過去將何四推開。

只是何四個頭也不小，任憑江有清怎麼用力，也只是將他推離兩步而已。

江有清將牛大壯摟進自己懷裡，大喊道：「五兩就五兩，不許再欺負人了！」

牛大壯愣住了，沒想到江有清為了自己，竟願意出五兩銀子，他隨即說道：「有清姊，他們就是來訛錢的，我親眼看見何四用石頭砸在魏書生臉上，牙才斷掉的，根本就不是螺的問題！」

江有清怎麼會不曉得對方栽贓，只是眼下牛大壯的血流個不停，再不止血可不好，她說話的聲音有些哽咽。「你別說話也別亂動，小心傷口裂開。」

聽見江有清願意給錢，季暉不好再說什麼，再捨不得錢，也不能拿牛大壯的性命開玩笑，何況他是為了保護自己才受傷的。

「只是我手上沒這麼多錢，等我家兄弟回來，我再送錢過去給你們。」江有清沒胡說，他們家確實拿不出五兩銀子，還要找四娘借才行。

沒見著錢，余山怎麼可能讓她離開，當即下流道：「我還沒娶媳婦呢，沒錢也行，五兩當彩禮，妳當我的媳婦就成。」

江有清又氣又惱，半晌後才憋出一句。「呸！」

季暉拿著錢袋子朝余山的頭上砸去，轉頭就跑。叮叮噹噹一陣響，銅板全掉落在余山身上。

余山氣極，朝季暉追上去。

季暉嘴裡嚷嚷道：「你也不瞧瞧自己長的什麼鬼樣子，還想娶媳婦？我看你這輩子都是孤家寡人，你們家會在你這裡斷了香火！」

「臭小子，看我今天不撕爛你的嘴?!」

季暉是過了嘴癮，但是腳步卻不敢停下，要是被抓到，不難預見會是什麼結果。

眼看余山就快追上自己，季暉心想自己今日只怕是要完了，沒留意到自己前方正行來一群人。

「是何人在前頭猖狂？」

季暉聽見聲音才抬起頭，看見身前多出了幾匹馬，還有一頂轎子。

見這些人身上穿著官服，他的眼淚頓時流下來，朝地上跪下道：「各位官爺，快救救我們吧！」

這些人正要去吳家，瞧見這麼小的孩子跪在地上求救，都有些於心不忍。

轎子裡的人不知發生何事，將簾子掀開一半，瞧見在地上跪著的人，出聲問道：「發生何事？」

季暉只覺得這聲音熟悉，但又想不起在哪裡聽過。

「惡霸欺壓良家。」轎子旁的侍衛回得恭敬。

何四很不滿地說道：「怎麼就說我們是惡霸了？明明是他們欺客在先，做的吃食害我兄弟的牙掉了，叫他們賠錢，又給不出來。」

聽他這麼說，周圍不少看熱鬧的人頓時打抱不平。

「賠錢就賠錢，哪有張口就要五兩銀子的，這不是訛人是什麼？」

「那小兄弟說是你們把書生的牙給打掉了，怎麼還賴上人家娘子了?!」

他們畏懼余山，但是現在有官府的人在這裡，料定他不敢如何，便全為江有清說話。

轎子裡的孟九安這才留意到坐在地上的江有清，她懷裡還摟著一個腿部血流不止的孩子。

他朝侍衛示意，侍衛就走到江有清身邊為牛大壯上藥。他們這些習武人身上都習慣備藥，這藥名貴，不好全交給他們，那侍衛才自己動手。

侍衛為牛大壯的腿纏好繃帶，江有清向他道謝，將牛大壯扶了起來，讓他坐在一旁的大石頭上。

孟九安原是打算去吳家請吳老爺出山，去窯廠看看情況，只是他不是官府的人，不好直接露面，便坐在轎子上躲著，沒想到遇上了這種事。

他的目光朝在一旁發愣的劉祥貴看過去，劉祥貴不禁打了個哆嗦，朝孟九安點了點頭，下了馬朝事發地走去。

在場的官員有三、四個人，劉祥貴完全沒想到這差事竟落到自己身上。

劉祥貴清了清喉嚨，道：「你說這牙是因為吃這螺而掉的？」

「是。」余山說得理直氣壯。

劉祥貴讓身旁的侍衛將那顆牙拿過來，與魏書生對比，確認是從他的口中掉落的。

接著，他問一旁的江有清。「這位娘子，請問貴姓？」

「大人，民女姓江。」

劉祥貴點點頭道：「江姑娘對他的話可有不服？」

「我表弟的朋友親眼見到是這兩人將魏書生的牙給打掉的，顯然是故意陷害我們。」江有清說著，眼眶瞬間紅了，用袖子抹著眼淚。

劉祥貴叫來魏書生，瞧魏書生傷口上有瘀青，臉上還有血痂，心中不免疑惑。若是吃東西咬掉了牙，怎麼會有瘀青？於是他問魏書生。「你這瘀青從何而來？」

魏書生不敢說話，眸光瞟向何四，何四回道：「我這兄弟走路時沒瞧見一顆石頭，絆了一跤，不小心摔倒磕著了。」

劉祥貴看了他一眼道：「怎麼，他不會說話嗎？」

何四只好閉上嘴，用目光示意魏書生不要亂說話。

劉祥貴又問了一遍。「你自己說，這是怎麼受的傷？」

「小人自己，摔、摔的。」魏書生說得支支吾吾。

劉祥貴點點頭，道：「在何處受的傷、怎麼受的傷，都給我老實交代清楚。」

「這、這個……」魏書生說不清楚，視線一直在何四跟余山身上來回打轉。

既然兩邊都說自己有理，那就只能從傷口著手了。見魏書生說不出來，劉祥貴也沒了耐心。「來人，將他們都給我帶回去，等驗明了傷，再定奪。」

此時轎子裡突然出現一聲輕笑，孟九安道：「我倒是挺想看看，這玩意兒是怎麼將牙給咬掉的。」

「是是是。」劉祥貴諂媚地應道，轉頭向魏書生說：「你來試試當時是怎麼吃的。」

江有清整個人愣在原地，她突然知道轎子裡的人是誰了。這人當時一身華服，坐在小院子裡，宛如空中明月，她記得四娘喚他二公子。

魏書生頓時嚇得跌坐在地，朝劉祥貴磕頭道：「大人，饒命！小人這傷是何四打的，他跟余山威脅小人已久，還請大人為小人作主啊！」

這次要是不說出實情，魏書生知道自己再也沒機會擺脫他們了。

見魏書生招了出來，何四有些生氣，就要朝魏書生打去，然而他一動，侍衛便亮出手中的劍。「朝廷命官面前，豈容得你放肆！」

何四頓時不敢再動。

余山不服道：「他們這做生意的有問題，還不許人說了？衙門規定做生意要辦理手續，怎麼知道他們有沒有按規矩做事？」

既然他討不了好，其他人也別想好過。

「哪裡沒在衙門辦理手續？這攤子的主人原姓季，開業前就在衙門登記造冊了，今日季娘子出門辦事，我才頂上，大人若是不信，可以去衙門查看憑據。」江有清說道。

說起季姑娘，劉祥貴額上的冷汗就冒了出來。難怪二公子會叫自己過來處理此事，果然拿人的手短、吃人的嘴軟。

劉祥貴看著江有清，點頭道：「原來是季姑娘的攤位，季姑娘的手續是本官親自辦的，不用再查了。」

語畢，劉祥貴擺了擺手道：「先將他們三個帶走，等本官回去再定奪。」不再給余山等人說話的機會，侍衛將他們與魏書生帶走了。

事情了結，圍觀的人逐漸散去，見到惡人有惡報，心裡可真是舒坦。

處理完這件事，孟九安一行人才浩浩蕩蕩地繼續前行，江有清盯著轎子，只見轎簾隨著擺動起伏，晃蕩間，看到了那張清朗的側臉。

「有清姊，妳沒事吧？」牛大壯見江有清站在原地，以為她還在害怕。

江有清被他的聲音打斷思緒，轉過身關切地問道：「可是傷口還疼？」

聞言，轎子裡的人朝侍衛揮了揮手，侍衛就將一整瓶藥粉全給了江有清。

江有清拿著冰涼的瓷瓶，回頭只瞧見了遠去的隊伍。

太陽將影子拉得老長。

季暉在地上撿起了銅板，邊撿邊數，江有清將藥交給牛大壯，蹲下身跟著一起撿。

丟錢事小，只是今日發生的種種，她不知該如何向四娘跟六哥說起。

被押走的余山回過頭望向江有清等三人，他朝地上啐了一口，暗罵道：「這林美香怎麼沒說季家與官府有往來？」

明眼人都看得出來，官府的人是向著他們那邊的。

事情辦妥後，江無漾怕被張大廚察覺，立刻回了廚房。

季知節正朝烤爐下面添加柴火，見他進來，就朝著他眨了眨眼，用嘴型無聲地問道：「辦妥了？」

江無漾看了毫無所覺的廖安一眼，點了點頭。

季知節繼續忙起手裡的工作，酸辣排骨已經做好，現在要做紅燒鮑魚。將鮑魚改花刀，小炒片刻，再加入少量清水，放入醬油、冰糖等調色，燜煮片刻。時間不宜過長，若是太久，鮑魚會失去彈牙的口感。

大火收汁，再加入鹽便可出鍋，出鍋之後，將鮑魚裝回洗乾淨的殼裡，再撒上蔥花點綴。

紅燒獅子頭的做法幾乎沒什麼差異，只是燜煮的時間要長一點，才能充分入味。

做完這些，時間也差不多了，季知節將鱸魚跟蝦放入屜中蒸了起來，蝦不放調味料，只用醬料。

接著做麻婆豆腐，再做青椒黃鱔跟煎鵝肝，最後炒一道青菜。別看這些菜簡單快速，卻比其他大菜更考驗烹調者的技術。

取出烤好的脆皮燒鵝，稍稍靜置過後，再將肉切成均勻的薄片，擺盤後即可上桌。

「季娘子這些料理的味道實在是太香了，整個院子都能聞到。」黎哥來得正是時候，剛好可以上菜。

「瞧黎掌事說的，等會兒再單獨給你們炒個菜，大家都辛苦了。」做菜對季知節而言是順手的事，這個人情她願意給。

然而黎哥卻搖頭道：「多謝娘子美意了，只是家裡今日臨時有貴客要招待，馬虎不得，下次若有機會，還請季娘子給咱們露一手。」

聽黎哥這麼說，季知節只好作罷。她心中不免好奇，不是說今天只是試菜嗎，這是要招待什麼貴客？

孟九安等人抵達吳家後，直接去見吳老爺，道明來意。萊州現在交不出第二批瓷器，實在教人頭疼。

只是吳老爺裝傻充愣的功夫爐火純青，倒是讓孟九安不知該如何接招，一行人只能在書房裡乾著急。

窯廠不是沒人，只是有能力的不多，自從吳老爺告老還鄉之後，新任的官員都撐不起這偌大的窯廠，這才無奈地上門求助。

「吳——」孟九安正要說話，就被外頭的盧建修給打斷。

「老爺，料理已經準備好了，可要用餐？」

「好好好。」吳杏峰從椅子上站起身來，朝孟九安抱拳道：「不管有什麼事，都不能耽誤吃飯不是？咱們先吃飯，有什麼事情，後面再說。」

孟九安只好壓下心中的焦急，點頭道：「那便打擾吳老爺了。」

第二十七章　甕中捉鱉

料理首先送進老夫人的院子裡。

銀葉剛剛跟老夫人說明了那壺茶被下藥的經過，此刻老夫人一臉震怒。見丫鬟端上一道清蒸鱸魚，老夫人不禁皺了皺眉頭，招來廖安道：「沒跟試菜的娘子說我不愛吃魚嗎？」

廖安愣住了，片刻後為難道：「說了，只是那娘子硬是說老夫人會喜歡，我們也沒辦法。」

老夫人不耐煩地讓他下去，廖安頓時鬆了口氣。

「等等，」銀葉叫住他。「不是有荔枝茶嗎？怎麼不快些拿來？」

聞言，老夫人的神情這才緩和下來，道：「拿來讓我瞧瞧。」

廖安嚥了嚥口水，緊張道：「小的這就去取。」

他進了廚房，對季知節問道：「季娘子，老夫人說要喝荔枝茶，可要去拿出來？」

季知節卻搖頭道：「冰的時間還不夠，再等等。」

廖安可不想去碰那樣東西，要是出了什麼事，還不被立刻抓住？他道：「等會兒我要去前廳忙，娘子若是得空，便自行送去吧。」

「行。」季知節答應得爽快。

見廖安頭也不回地快速逃離廚房，季知節低聲說道：「生怕別人瞧不出他有鬼一樣。」

所有料理都被送了出去。其他院子沒什麼太大的動靜，而老夫人這裡，那道清蒸鱸魚卻是動都未動。

老夫人沒見過鵝肝這種東西，只見擺盤精緻，盤子裡總共只放了三片而已，每片厚度適宜，空氣中帶著淡淡的奶香。

好奇這鵝肝的味道，老夫人嚐了一口，絲滑的口感立即在舌尖蔓延開來，鵝肝柔軟而緊實，隨後在嘴裡融化，味道溫和鮮美，又有油脂迸發。

老夫人吃完一片又挾了一片。她平常不愛吃這種油膩的食物，卻一時沒忍住，將這三片都吃下了肚。

吃完鵝肝以後，老夫人還有些不盡興，看著桌上未曾動過的清蒸鱸魚，最後還是挾了一筷子。

這魚肉鮮甜可口，絲毫沒有腥味，蒸熟的鱸魚鮮嫩，肉質飽滿、爽口多汁，讓人回味無窮。

老夫人點頭道：「這位娘子手藝倒是不俗。」比起她之前吃過的那些，實在好上太多。

銀葉笑道：「這次她做了不少菜，每個院子裡的主菜都不同，可見花了心思。」

老夫人滿意道：「去看看其他院子裡的人可覺得滿意，要是沒什麼意見，宴會上就用她了。」

「是。」銀葉應了一聲，遣人去各個院子詢問情況。

銀葉剛吩咐完，就見一個陌生的娘子從外頭走過來，手上端著茶壺跟一盤荔枝肉，仔細一瞧，正是她剛剛見過的那個壺。

丫鬟笑著進屋道：「老夫人，季娘子將荔枝茶給您帶來了。」

話音剛落，外頭就聽見說話聲。「我來給老夫人送茶。」

「快些讓她進來。」老夫人迫不及待地說道。

季知節朝老夫人行禮道：「見過老夫人。」

銀葉取來杯子，季知節倒了一杯茶，再放入去掉果核的荔枝，杯中的清茶中露出白色果肉，好看極了。

老夫人拿到鼻尖下聞了一會兒，正是荔枝清甜的香味。嚐了一口，除了有荔枝的甘甜，還帶著薄荷的清涼，在冰窖裡放過一會兒，涼意更重，飯後喝起來可口解膩。

「這荔枝茶不錯，難為妳有心了。銀葉，賞。」老夫人說道。

銀葉拿出一錠銀子放在季知節手心裡，季知節趕忙道謝。「多謝老夫人。」

「再給我倒一杯來，剩下的拿去其他院子給他們嚐嚐，老爺那邊也送一點過去。」這麼好喝的東西，自然不能她一個人占著。

季知節拿了賞錢回到廚房，見張大廚跟廖安都在廚房裡，便朝江無漾走過去，得意地炫耀起了手裡的銀子。「老夫人賞的。」

一兩銀子白燦燦的，在張大廚跟廖安眼裡發著光。廖安心裡暗道，早知道就自己將茶水送過去，說不定這賞銀就是他的了。

他倒是忘了自己往茶壺裡撒巴豆粉的事情，還想著討賞。

張大廚問道：「老夫人可喜歡那荔枝茶？」

「老夫人喜歡得緊，還讓人送到其他院子去了。」

張大廚一聽，暗道一聲「糟」。他原本想這茶只是給老夫人喝的，沒想到還會送給其他人。

季知節又繼續道：「喔，還說要送給老爺一些。」

張大廚額上瞬間冒出了冷汗，這要是出了事，可就完了。

可他隨即冷靜下來。他什麼都沒做，應該查不到他這裡來才對，但凡有問題，他便將責任全推給季知節跟廖安。

外頭忽地響起一陣吵雜聲，季知節走過去朝門外看了一眼，嘀咕道：「瞧著怎麼像是老夫人的院子裡？」

張大廚跟廖安聽見了，跟著朝外頭看去，確定聲音是從老夫人的院子傳出來的。

沒一會兒，銀葉帶著人來到廚房，差人拿下季知節跟江無漾。

季知節不明所以地問銀葉。「姑娘，這是發生什麼事了？」

銀葉臉上帶著怒氣道：「老夫人中了毒，經大夫查明，妳送來的荔枝茶裡有毒。」

「不可能。」季知節反駁道：「所有菜品都是我一人製作，斷不會有毒。」

銀葉冷笑一聲道：「那妳的意思是，大夫驗錯了？」

季知節不語。她口說無憑，就連送過去給老夫人的茶水，也是她親自倒的。

「其他院子裡的貴人可有問題？」季知節問道。

「東西還未送到，老夫人便暈倒了。妳少問這麼多，走。」銀葉有些不耐煩。又對其他人吩咐道：「凡是今日到過廚房的人，都給我收押關好。」

廖安腿肚子都在打顫。「銀葉姊姊，這不干我們的事，為什麼要關押我們？」

銀葉瞪了他一眼道：「老夫人沒事就好說，若有什麼事，一個都別想跑。」

說完，她匆匆離開。

下午四個幫廚的人一起被關押在柴房裡，廖安跟張大廚蜷縮在角落，廖安低聲問道：「不是說裡頭是巴豆粉嗎，怎麼會是毒藥？」

張大廚也是摸不著頭緒。他原打算讓老夫人覺得東西不乾淨，拉個幾回肚子，就不會要季娘子來做吃食了，沒想到她卻是中了毒。

難道是那賣藥的郎中給錯了藥？

另一邊，吳杏峰領著孟九安一行人到了前廳，還未走近，就聞見了食物的香味，連吳杏峰都覺得今日自家的飯菜香了些。

盧建修連忙低聲跟吳老爺解釋。「今日有一位姓季的娘子來試菜，這些菜都是她一個人做的。」

吳杏峰這才想起來，他聽家裡的人說過這位娘子做的吃食好吃，點點頭道：「可千萬別在貴客面前出了差池。」

進到前廳，瞧見桌上的料理時，大夥兒眼前不禁一亮。飯桌正中間擺著一盤紅色的燒鵝，看了就令人垂涎三尺，還有鱸魚、蝦、鮑魚等菜式，做法也不小家子氣。

「吳老爺，這都是些什麼料理啊，有些菜咱們別說吃過了，連看都沒看過呢。」劉祥貴聞著味道，口水都快流下來了。

季知節跟盧建修說過這些菜品的名字跟吃法，他牢牢記著，此時介紹了起來。「這道名叫脆皮燒鵝，用烤爐烤製而成，外皮酥脆，蘸著醬料吃更美味；這道紅燒獅子頭是其他地方的名菜，咱們這裡少見；黃鱔跟平常吃的不同，是去了骨頭炒成絲的。」

劉祥貴一聽，點頭道：「您家這廚子倒是不錯，連其他地方的吃食都會做。」

吳杏峰笑了笑，解釋道：「這不是我家廚子做的，他做不出這些。過幾日我母親大壽，請了個人來試菜，這都是她一個人做的。」

劉祥貴詫異道：「原來是這樣，那我今日可要幫您好好試試。」
眾人哈哈大笑起來，吳杏峰也笑著說道：「那就有勞劉大人了。」
吳杏峰請孟九安坐主位，其他人才陸續就座，他瞧吳老爺一副不想出山的模樣，吃飯時也沒了胃口，尤其是看著桌上的大魚大肉，更是興致缺缺。
他要是請不動吳老爺，就只能夠讓大哥出馬了，到時少不了他一頓數落。
孟九安隨意挾了一筷子烤鵝放在碗裡，其他人才敢動筷，劉祥貴朝獅子頭直奔而去，對其他地方的菜色充滿好奇。
嚐了一下獅子頭的味道，劉祥貴頓時瞳孔微縮，立刻將剩下的獅子頭一股腦兒地全放進嘴裡，塞了滿滿一大口，直道：「好吃，這東西好吃！」
待嘴裡的吃完，劉祥貴又挾了一塊脆皮烤鵝。鵝肉料理他吃過不少，但是這麼新奇的還沒吃過，蘸了下醬料後放入嘴裡，咬了兩口，烤鵝在口腔裡清脆作響，油脂迸發而出。
醬料以梅子為底，清爽可口，明明是很油膩的菜色，在這醬料的作用下，竟讓人想一嚐再嚐。
季知節片過烤鵝，讓皮肉分離，既能避免肉乾柴，也能讓皮保持清脆。
劉祥貴忍不住對其他人道：「都嚐嚐這烤鵝，好吃極了，一定要蘸著醬料一起吃。」
聽他這麼說，其他人都嚐了一口，無一例外都是誇讚。
「二公子也嚐嚐，保證好吃。」劉祥貴打包票。

孟九安不禁對味道好奇了起來。他將碗裡的鵝肉蘸了醬料放入嘴裡——外皮的脆度剛剛好，又與梅子醬料相互融合，口感很獨特。

這讓他期待起了其他菜色。孟九安沒吃那些醬料重的料理，而是先嚐了口清蒸鱸魚。雖說外表與平日吃的差不多，但是口感清爽，整體更上一層樓。

各項菜式都別具一格，連一盤青菜都炒得格外好吃。

不得不說，今日的吃食，是他在錦城這段時日裡吃過最好的一頓。

吳杏峰見孟九安神色滿意，心頭稍鬆。無論如何，孟家都是貴客，不說討好，起碼別得罪了。

孟九安原是想談事情，也為了這頓飯將公事給暫時擱置了。

黎哥腳步匆匆地從外頭進來，附在吳老爺耳邊說了幾句，吳杏峰的臉色頓時變了，對孟九安道：「二公子，家中有要事需要處理一下，容在下告退片刻。」

盧建修從身後的桌子上拿來備好的荔枝茶，為在座的人各添了一杯。「這茶水是廚子另外做的，特地冰鎮過，這時候喝正好。」

柴房外傳來匆忙的腳步聲，門窗緊閉，裡面的人根本不知道現在外面是什麼情況。

張大廚內心忐忑不安，在柴房裡走個不停。

門忽然被人從外頭打開，銀葉走了進來，身後還帶著六、七個侍衛，指著張大廚道：

「將他給我帶走。」

張大廚問道：「帶走我做什麼？」

銀葉斜睨了他一眼，道：「季娘子說，今日交代了你將茶水送入冰窖。」

「不是我。」張大廚連連擺手。「出了廚房我就覺得睏，將東西給了廖安。」

銀葉不想與他多說，道：「一併帶走。」

兩人一起被帶入老夫人的院子裡，底下跪了一片人，卻不見季知節跟江無漾。

張大廚問道：「季娘子他們去了哪裡？」

「季娘子今日是主廚，又發生了投毒的事情，已經打了她二十大棍，此刻人正在後院裡。」

銀葉說完，任由他們兩個人在院子裡跪著，自己則進入房間探望老夫人。

此時吳杏峰從前廳過來，怒氣沖沖，指著跪得滿院子的人憤憤道：「要是老夫人有什麼三長兩短，唯你們是問！」

大夫一個接著一個地從房間裡面出來，皆是不發一語地搖著頭。

銀葉進入別院裡，吳杏峰正在房間裡等著，他身邊還跪了一個正在瑟瑟發抖的郎中。

「老爺，奴婢今日見廖安拿著茶壺進了冰窖，好一會兒才出來，行跡有些可疑。」銀葉向吳老爺稟報道。

被人帶進來的廖安立刻跪下去喊冤道：「銀葉姑娘，妳可別胡說八道！」

銀葉站在廖安前方，將他用剩的白色粉末包扔在他眼前道：「這是在你房間搜出來的，還有什麼話說？」

「老爺饒命……老爺饒命！」廖安在地上磕著響頭，顫抖著說道：「這藥是張大廚給小的，他叫小的下在茶壺裡，只說那是巴豆粉。」

「他為什麼想下這個？」吳杏峰問道。

廖安回道：「他說不想讓季娘子留在家中，才想出這個辦法趕她走。」

聞言，吳杏峰跟盧建修對視一眼。

沒多久，張大廚被帶進來，廖安則被帶了出去。

吳杏峰對張大廚道：「廖安都說了，是你叫他在茶水裡下毒的，藥粉也是你給他的。」

張大廚頓時驚慌失措，說道：「老爺，就算給小的十個膽子，小的也不敢在茶水裡下毒啊！我買這東西的時候，郎中說是巴豆粉。」

說著，張大廚指著那跪在地上的郎中道：「就是他將這藥賣給我的，若有毒，也是他陷害我的！」

郎中本就被嚇破了膽，聽見張大廚說的話，說話聲都抖了起來。「你休要含血噴人！你前幾日來我店裡買藥，指明就要砒霜，說什麼家裡老鼠太多，想要一窩端了。我叫你買些其他的藥治鼠，你又不肯，要不是我今日想起你曾買過這個，吳老爺還要被你一直蒙在鼓裡！」

「你胡說，那藥是多日之前買的，的確是用在殺老鼠上頭了！」

郎中縮了一下身子，道：「誰知道你用了多少，如今老夫人的茶水裡確實驗出了砒霜的毒，不是你還會有誰？」

見他們你一言、我一語地爭執個不停，吳杏峰只覺得頭疼，不想再聽他們解釋，擺手道：「都給我帶下去，交給衙門的人處理。」

等張大廚跟廖安都被帶走以後，盧建修就對屏風後頭的人說道：「出來吧。」

屏風後走出了兩個人，正是季知節跟江無漾。

吳杏峰朝他們行禮表達謝意，說道：「今日多虧了江公子，否則後果不敢設想。」

江無漾朝他回禮道：「原是職責所在。」

今日對季知節來說很重要，江無漾的神經繃得很緊，那兩人鬼鬼祟祟的，沒能逃過他的眼睛。

吳杏峰對季知節道：「季娘子廚藝了得，下月初三是我母親的壽辰，全交給季娘子掌廚了。」

「多謝吳老爺。」

吳杏峰又對盧建修道：「今日的工錢給季娘子結了，日後由你跟娘子商議宴會上的菜色。」

「是。」

季知節好奇地問道：「吳老爺打算如何處置他們幾個？」

說起這個，吳杏峰就一肚子氣。「若衙門放了他們，左右不過杖斃。」

江無漾沈默了片刻後，說道：「或許這三人都不是真凶，吳老爺還要小心才是。」

不管倒進茶壺裡的東西是什麼，他們本就安排好這齣戲引蛇出洞，不料卻牽扯出了案外案。若不是盧建修找人驗了驗茶壺裡的粉末，還不知道竟然是砒霜，而非巴豆粉。

第二十八章　私下反擊

吳杏峰好奇地看了他一眼，眸裡精光一閃，問道：「江公子還會斷案？」

江無漾搖頭道：「倒不是，只是覺得他們三人並不像是撒謊，若都是真話，只怕行凶者另有其人。」

若說對方是為了阻止吳杏峰返回窯廠，那就說得通了。

後院的人心事重重，前廳仍舊熱鬧得很，酒足飯飽之後，大家都在等吳老爺回來。

丫鬟給眾人倒了杯茶水，茶水在瓷杯裡時還冒著涼氣，聞起來有股清爽的荔枝味。

小廝在一旁伺候，說道：「老爺還要過一會兒才能回來，各位貴客可以先嚐嚐荔枝茶，這可是今日的廚子做的新冰飲。」

吃過了可口的飯菜，又聽是試菜的人做的，大夥兒都很期待味道。

劉祥貴將瓷杯捧在手心裡，上面傳來陣陣清涼，一身燥熱散去不少。

荔枝是嶺南常見的水果，有些人家會種上一、兩棵樹，只是劉祥貴不愛吃甜的東西，但又好奇是什麼滋味，便淺嚐了一口——一股冰涼的口感充盈在嘴裡，有荔枝的甜味但不膩口，加上少許薄荷，更是清爽。

吃過飯後喝這個，真是舒服極了。

「好喝。」劉祥貴讓丫鬟再給自己倒一杯，又對其他人道：「都嚐嚐這荔枝茶，真是太特別了。」

坐在他對面的官員打趣道：「這桌上的哪道菜你不說好吃？」

劉祥貴瞪了他一眼道：「那你倒是說說，哪樣不好吃？」

那人不禁噎住。這……確實都挺好吃的。

劉祥貴忍不住感嘆道：「要是以後能在其他地方喝上這個，該有多好。」

今日做菜的人可真是神了，要不是自己的俸祿太低，他都想將這人給挖走了。

幾人正說著話，吳杏峰便匆忙從外頭趕了進來，道：「對不起，家裡有事耽擱了，還請各位不要見怪。」

孟九安嚐了一口荔枝茶，的確清爽甘甜，夏季用來解暑正好。要是他的茶鋪能加上這道方子，生意肯定會更好。

這麼一想，孟九安就對吳老爺道：「今日這做飯的廚子可還在？我想將這茶水的方子買下來。」

吳杏峰還真不知道季娘子離開了沒，於是他對著身後的黎哥說道：「讓人去瞧瞧盧管家將人送走了沒有。」

盧建修替季知節算好了工錢。今日菜色多，一道菜品結算五十文工錢，算上荔枝茶，一共十二道菜，共計六百文。

一日能有這麼多收入，算是高薪職業，再加上老夫人的打賞，比在外頭賣吃食賺錢快多了，難怪張大廚起了歹心。

季知節道了謝，正打算出門。

「江公子請留步。」

銀葉的聲音從後面傳來，季知節跟江無漾不解地回頭。

見她手上拿著個荷包，季知節不禁看了江無漾一眼——莫不是緣分到了？

她聽說了，銀葉雖說是吳家老夫人身邊的大丫鬟，但其實是老夫人遠親的表姪女，跟吳家沾親帶故，她跟江無漾……倒也不是完全不可能。

銀葉將手上的荷包遞給江無漾。「這是送給江公子的。」

江無漾淡淡地看了銀葉一眼，表情沒有任何異常，卻遲遲未接過她手上的荷包，冷淡道：「這是？」

銀葉笑了一聲。「這是老夫人賞賜給江公子的，若不是公子出面，老夫人只怕已不在人世。」

「老夫人言重了，在下已言明這是職責所在，工錢已結清，賞賜大可不必。」江無漾拒絕得乾脆，拉著季知節就要離開，絲毫沒顧及銀葉的臉色。

季知節瞧著銀葉的臉色由白轉紅，再由紅轉白，最後嘆了口氣，將荷包給收好。

「季娘子請留步。」一道聲音打破了尷尬。

盧建修見那小廝腳步慌亂，沈聲問道：「這時候你不在前廳伺候，到這裡來做什麼？」

季知節見過這個小廝，他幫自己送過荔枝進廚房。

「老爺請季娘子去一趟前廳。」小廝說話氣喘吁吁，一副著急的模樣。

盧建修皺了一下眉，問道：「可有說是為了什麼事情？」

他沒想到送季知節出個門這麼困難，也怕前廳那邊出了什麼意外。

小廝朝季知節笑了笑，道：「季娘子莫怕，是好事情呢。」

季知節放心了，對盧建修道：「盧管家，既是吳老爺找，那我們便去瞧瞧吧，許是為了宴會的事。」

盧建修點點頭道：「那便請季娘子跟江公子移步到前廳吧。」

轉眼間，小院子裡只剩下銀葉一人，她站在原地不動，將手中的荷包捏緊了些。

這裡面裝的確實是老夫人賞的二兩銀子，只是裝錢的荷包是她花了心思選的，上面繡著兩隻鴛鴦。她自認已將心意表露得很明顯，然而江無漾卻是一副不為所動的模樣。

罷了，也許無緣吧。

到了前廳，飯桌已經被撤下，季知節見到了主位上坐著的人——是熟人呢。

季知節眉眼一動，心想孟九安怎麼會來？

孟九安見到他們兩人也頗為驚訝，只是沒表現出來而已。轉念一想，除了季知節，也沒其他人弄得出這方子了吧。

一旁的吳杏峰笑道：「季娘子，這位是在錦城裡做生意的公子，想找妳買下荔枝茶的方子，妳看看要什麼價位？」

吳杏峰沒言明孟九安的身分，只道是尋常做生意的人，也是怕季知節知道他的身分後漫天要價，畢竟誰不知孟家富甲一方。

既然孟九安不願表明自己的身分，季知節也不拆穿，只道：「公子打算給什麼價位？」

荔枝茶不比涼茶賣得久，過了季節就沒荔枝了，涼茶她要了三個月的分紅，不知這荔枝茶孟九安可願意給？

孟九安輕笑了一聲道：「吳老爺家中可方便，我與季姑娘商量看看。」

屋子自然有，吳杏峰讓人準備一間出來，還特地備了紙跟筆。

旁人不曉得孟九安跟季知節的關係，劉祥貴最多只知道要「關照」季知節一二，也不知曉兩人是生意上的夥伴。

進了屋子，房間內只有孟九安、季知節跟江無漾三人。

孟九安開門見山道：「十兩銀子加上二八分成，照例三個月，季姑娘看如何？」

「三個月？荔枝的季節怕是只有三個月吧，二公子不怕做虧本的買賣？」季知節問道。

只給三個月的分成，倒是不怕虧本，畢竟往後穩賺不賠。

孟九安笑了笑，沒說話。

季知節思索了一番後，回道：「十兩可以，只是這分成嘛……我要多加一成。」

荔枝茶屬於限定款，孟九安只會在錦城或周邊地區賣，不像涼茶那樣整個萊州府都喝得上，她自然要多討一成。

只多一成而已，孟九安爽快地應道：「好！」

孟九安不打算付現，他知道季知節在錢莊裡有帳戶，銀票直接存進去就是。

季知節直接在紙上寫下荔枝茶的方子，遞給孟九安時說道：「多謝二公子照顧。」

跟孟九安合作，不僅有一個值得信賴的夥伴，生意還有保障，更絕對有錢賺。

見時辰有些晚了，季知節向孟九安告辭，轉身時卻聽見孟九安在他們背後說道：「煩勞江公子替我向令妹問候一聲。」

江無漾回頭看了他一眼，只見孟九安的眼神別有深意。

他不會無緣無故提到江有清。

季知節跟江無漾看向彼此，曉得家中出了變故，連忙趕了回去。

等到他們趕回家裡時，江有清正在為牛大壯上藥，回來的路上他不小心摔了一跤，好不容易止住的血又流了起來，牛大壯疼得嚎啕大哭。

江有清向來愛乾淨，此刻她的衣裙上沾染了一些血跡，也顧不得清理。

季知節的五官都要皺在一起了。「這是怎麼回事?!」

聽見她的聲音，還沒從驚嚇中回過神來的季暉迅速跳了起來，跑過去抱住她——他差點就以為再也見不到阿姊了。

季暉哭得涕泗縱橫，惹得季知節心疼不已，聽著他的哭聲，江有清也忍不住抹了抹淚。

在季知節追問下，江有清將今日發生的事全說了出來。

「這兩個人真是太欺負人了！」

江有清害怕得不行。錢沒了就算了，人出了什麼事可就不值當。要不是孟九安碰巧路過，只怕他們幾個都要遭殃。

季知節擺攤時從未見過這兩個無賴，怎麼她跟江無漾一不在，就出了這種事？

她不禁小聲嘀咕著。「難道是有人故意說出去的？」

「什麼？」

她說得小聲，卻還是被江無漾聽見了。

季知節說出了自己的猜想。「平日擺攤可從未見過什麼地痞流氓，要是眼紅生意，那也該是在人多的時候下手，這樣鬧出來的動靜才大。村裡的人都見過你動武，一般人不敢在你面前動手，我們倆今日不出攤的事只有村裡的人知道，我懷疑有人故意將我們的行蹤告知旁人。」

「村裡怎麼會有人知道？」江有清先是疑惑，隨即恍然大悟。

季知節跟牛大郎說今日不要雞，有心人瞧見牛家沒殺雞，就會知道季知節不出攤，到了下午見著她擺攤，就曉得只有她一個人。

跟江無漾對視一眼後，季知節默默看向下方離他們很近的一家。

入夜，屋內亮著昏黃的燈。

嶺南的夏夜難得起了風，為悶熱的天氣添了一絲涼意。

季知節與季暉親自送牛大壯回家，牛妮見到他身上的血跡，差點暈倒。

除了送牛大壯，季知節還帶了一些吃食，算是道謝跟賠不是，畢竟牛大壯是因為他們才受傷，而孟九安送的藥也都留給牛大壯。

牛大郎瞧見大壯受傷了，不發一語，但定然是傷心的。他嘆了口氣，直接轉身回了屋。

季知節跟牛妮訂了明日要用的雞，數量比之前多了一隻，心想以後每日燉雞湯過來給牛大壯補補身子。

返家時，江有清已做好飯菜，鄭秋在院子裡掃灑等待他們，表面上看來一切如常，然而每個人的神情都很緊繃，就連江晚也察覺出了異樣，縮在李歡懷裡不動。

飯桌上沒了往日的歡快，氣氛有些沈悶。

季知節說出下個月初三要操辦吳老夫人壽辰的事。距離那日還有十幾天，日子離得越近就會越忙，到時村口處就不擺攤了，乾脆休息幾天。

她想讓江有清跟鄭秋去幫忙，省得再出狀況，江無漾就不必說了，一定要去。

季暉扒了一口飯，問道：「那我呢？」

「乖乖吃飯就讓你去。」

季暉「喔」了一聲，繼續埋著頭吃飯。

飯桌上，江無漾一句話也沒說，吃過飯便直接回屋。

季知節洗完澡也不見他出來，不免有些擔心。她知道，他這是在怪自己沒將他們保護好。

直到月亮高掛山頭，清冷的光芒照耀大地，江無漾才穿著一身夜行衣從屋裡出來。

油燈早已熄滅，周圍安靜得只剩蟲鳴聲。

江無漾正打算出門，就聽見身後傳來一道聲音。「你去哪？」

回頭望去，只見季知節一臉戲謔地站在門邊，像是已經等候他多時。

江無漾悶不吭聲，季知節走到他面前，收起了開玩笑的表情，鄭重道：「帶我一起去。」

月黑風高，濃厚的雲層遮住了月光，風吹得雜草擺動，絲毫看不出裡面正躲著兩個人。

江無漾帶著季知節蹲在草叢堆裡，兩人守在佘山家門口。

季知節了解江無漾，知道他絕不會善罷干休，一定會去找佘山跟何四。其實她也嚥不下這口氣，既然知道江無漾有辦法全身而退，她就想跟著江無漾動手。

他們蹲守了一個時辰，總算等到了余山跟何四。

那兩人在衙門裡待了好幾個時辰，衙門連口水都不給，還將他們打了一頓，算是給個教訓。

余山家中只有一個眼瞎的母親，沒有其他人，何四更是個孤兒，常年住在余山家裡。

說起來，這兩人幼時沒少被人欺負，他們自己淋了雨，便也想讓其他人嘗嘗被欺凌的滋味。

深夜，即便有月光，仍瞧不清他們臉上的表情，兩人不發一語，周遭的氣壓有些沈重。

余母被余山的動作驚醒，她摸索著走到門口問道：「怎麼這麼久才回來，這是去了哪裡？」

看著自己的母親，余山難得露出了溫和的神色，道：「跟何四去逛逛，天色還早，母親快些去休息吧。」

這話余母怎麼可能相信，余山從不離家太久，總是會在飯點上回來，她頗為擔心地問道：「你是不是又闖禍了？」

「母親少聽別人胡說，沒那種事。」

余母拿他沒辦法。余山在外頭的所作所為她時常聽聞，今日更聽說他被官府的人抓住了。雖然她擔心了許久，但是人終究回了家，她只好道：「飯菜還在鍋裡熱著，快去吃吧。」

送余母回了房間，余山跟何四才去廚房。

何四從鍋裡拿出了六個饅頭，四個給余山，自己則是兩個，用一盤鹹菜配著吃。就這幾個饅頭，還是他們從其他人手裡搶來的。余山不是沒想過出去幹活，只是他不放心母親一個人在家中。再加上他心氣高，瞧不上體力活，導致家裡越來越貧困。

「老大，這魏書生咬了我們一口，要不要教訓教訓他？」今日挨了打，何四心裡憤憤不平。

余山有些不耐煩地說：「我看你是好了傷疤忘了疼，這才剛被放出來，就要去找魏書生？過些時日再說吧，少不了他的。」

何四心想也是，只是心裡那口氣出不來，讓他有些鬱悶罷了。

兩個人正說著話，忽然一陣睏意襲來，東西還沒吃完，就直接趴在桌子上睡著了。

直到屋內徹底沒了動靜，季知節才拿著半截燒盡的香從屋外進來——沒想到助眠香還有這種作用。

屋子另一頭有余母在，季知節壓低了聲音問江無漾。「你想怎麼做？」

她挺想將他們暴打一頓的，這樣解氣多了，不過她覺得江無漾並不打算這麼做。

江無漾輕聲道：「他們這種人最在乎的就是別人的眼光和自己的臉面，那就讓他們一次受到兩種打擊。」

余山跟何四非常矛盾，既想要別人瞧得起自己，又不想失了面子。

季知節聽不懂江無漾究竟想做什麼，見他將何四扛了出去，她怕余山忽然醒來，抱著一根木頭守在廚房裡。

沒多久，江無漾回來將余山扛了出去，季知節這才跟著他出了門。

轉了幾個彎，季知節發覺他們來到了雙水村的村口。

寅時已經過半，正是人們睡意正濃的時辰，村裡並未瞧見什麼人。

何四安靜地躺在地上，表情一片祥和——他睡得倒是安穩。

第二十九章　當眾丟人

在何四身旁，一棵參天古樹的樹葉隨風擺動，時不時遮住了夜與日交替的光芒。

江無漾同樣將余山放在地上，從腰間拿出準備好的繩子，掛在粗壯的樹幹上。

季知節張大了嘴。他莫不是打算將他們吊死？

江無漾將繩子打了個結，正想叫季知節搭把手，轉頭就見她呆立在原地，一副欲言又止的模樣。

季知節正思考著要怎麼勸江無漾。殺人這種事她做不來，要不……讓江無漾將他們暴打一頓算了？

「那個——」季知節張了嘴，準備「教育」他一番。

「不是妳想的那樣。」江無漾打斷她，輕笑一聲。也是，看這繩子高掛樹上，的確容易讓人誤會。

聽他這麼說，季知節才放心地走到他身邊問道：「那你要做什麼？」

天剛微亮，一抹晨曦透過雲層灑在大地上，漸漸喚醒了沈睡的村莊，雞鳴聲迴盪在各個角落。

村裡的人們陸續從家門走出來，揹著鋤頭準備上工。走到村口處時，卻差點被掛在樹上的兩個人嚇個半死。

只見余山跟何四被扒掉上衣，五花大綁地吊在樹上，要不是瞧著還有呼吸，又未被勒住要害，還以為是誰為民除害了。

慢慢地，聚集到此處的人越來越多，交談聲也越來越大，終於將樹上的兩個人給吵得有了反應。

余山率先醒了過來，一睜開眼，看見自己浮在半空中，還以為見了閻王，待看清楚了圍觀的人，才知道這是惡作劇——他這輩子還沒受過這麼大的屈辱！

「是誰?!給老子站出來，看老子不扒了你的皮！」余山的臉色漲紅，活像塊豬肝。

余山的謾罵聲將何四給吵醒了，一見到這場面，有點被嚇著了。「老大，這、這是……這是怎麼了?!」

在雙水村裡，誰敢這麼對他？瞧底下那些人幸災樂禍的樣子，余山的怒氣值到達臨界點。

他不信誰有本事能將他神不知、鬼不覺地吊在樹上。除了昨日得罪過的人，他想不出來誰有動機。

圍觀的人越來越多，許多人聽聞這件事，甚至特地跑來「欣賞」，沒人肯放他們下來。

在暗處瞧夠了熱鬧的江無漾跟季知節，默默隨著人群離開了雙水村。

從雙水村出來以後，一路上季知節都笑個不停。沒想到江無漾的法子這麼損，讓他們兩人丟盡了臉面。

被她這一笑，江無漾有些不好意思起來。他原本打算將余山他們綁到山上餵狼，只是季知節跟著他一起，他不好這麼做，最後選擇這個法子，算是警告。

「你說他們會不會知道是我們做的？」季知節問道。

余山這種壞蛋，報復起來可不是開玩笑的。

「他會。他跟何四為非作歹慣了，這次卻著了道，想來想去，就只有昨天他們得罪的人了。」村裡其他人沒有還手的能力，他很快就會想到是他們做的。

江無漾頓了一下，繼續道：「若他們真的是被挑唆的，就會更恨挑唆的人。」

季知節沒說話。余山跟何四如今已經知道他們跟官府有關係，不會再上門挑釁了，然而挑唆他們的人，只怕沒那麼好運。

官府的處罰以及被吊在樹幹上的羞辱，會讓他報復得更加凶狠。

要是事情沒發生在自己身上，季知節或許會覺得江無漾處理起事情來有些偏激，然而當時若不是孟九安出手，那出事的就是她的親人。

既然唆使余山跟何四的人不想讓她好過，那就等著自己也不好過吧。

累了一夜，季知節想休息了，兩人朝家的方向繼續前行。

「你們有沒有見過畫像上的人？」

「沒有沒有。」

快到平日擺攤的位置時，江無漾忽然聽見一道不尋常的口音，他腳步一頓，拉著季知節就往一旁躲去，路邊的荒草比人高，將人擋得嚴嚴實實。

江無漾的速度很快，正好躲過那人轉過身時的目光。

季知節被這突然的動作嚇了一跳，但看江無漾表情緊張，她也跟著屏住呼吸。

察覺江無漾抓著自己的手下意識地用力，她拍了拍他的手背，示意自己不會出聲，江無漾這才鬆開手。

順著他的目光，季知節將草撥開一條縫來，瞧見三、四個練家子模樣的人正拿著幾幅畫像，四處詢問路過的人。

季知節不認識那些人，但是他們的口音是華京那邊的，她的記憶慢慢清晰起來——瞧他們的穿著打扮，是新帝手下的侍衛。

看樣子，宮裡那位真的想起他們來了。

等到那幾個人走遠，江無漾跟季知節才從草叢裡走出來。

他們擔心家裡的人有事，急忙趕了回去。

此刻家裡還沒人起來，饒是他們一夜未歸，也無人知曉。

季知節小心翼翼地回了屋子，要是被鄭秋知道，少不得一頓罵。

之前季暉被欺負的事，早讓鄭秋心中積累了許久的怨氣，如今又出了余山的事，她正一大肚子火氣無處發洩，要是撞在槍口上……季知節光想就全身哆嗦。

著實累了，季知節躺在床上沒兩分鐘就睡著了，連鄭秋叫她也沒聽見，翻了個身繼續睡。

自從流放以後，女兒什麼時候睡得這麼沈，鄭秋心疼季知節，便由著她去了。

江無漾也睡下了，只是睡得沒季知節踏實，半夢半醒之間，他又夢見了皇兄。他最近夢見皇兄的次數少了，或許是季知節給的助眠香起了作用，經常一夜無夢地醒來。

又或許是……他快放下心中的仇恨了。

皇兄在夢裡講解著他從前怎麼都想不明白的詩句，告訴他不要太執著於過去，人要向前看，不要將仇恨放在心裡，不然會看不見身邊的美景。

其他人都醒了，正在院子裡忙活。

李歡給江無漾的衣裳快做完了，馬上就能收尾；賀媛讓江晞坐在自己腿上，為江晚梳著辮子；江有清士氣低沈，似乎還沒從昨天的驚嚇中恢復過來；季暉更慘，被鄭秋抓住一點小錯處，正哭喪著臉挨罵。

當那一行人找到這裡的時候，就瞧了這樣一幕——整個家裡除了鄭秋的怒罵聲，其他人都是一臉的見怪不怪。

季知節在外擺攤做吃食生意一段時間了，總有人會認出畫像上的人是他們，華京的人找來只是時間早晚的問題。

提供消息的人當中，有人甚至還繪聲繪影地告訴他們昨日江有清跟季暉被惡霸欺負的場面，談起這家的情況，多半是認為他們生活不易。

確認了情況之後，那些人知道該如何向上頭稟報了。

等了一會兒，季知節與江無漾並未從屋子裡出來，他們不再繼續等下去，決定先回華京。

直到江無漾打開窗戶確認人都離開之後，才走出了屋子。其實他在他們來的時候就已經醒了，只是不方便出面而已，若是被瞧出端倪，只怕會換來他們動手。

他們在這個時候來也好，要是過些日子再來，家裡變得富裕，氣氛更輕鬆，宮裡的人就該忌憚了。

當初新帝之所以放他們離開華京，也是受一眾老臣逼迫，否則他們這些人早已是刀下亡魂。一路上，新帝不是沒派殺手跟著，只是對江無漾而言，全都不值得一提，甚至還有維護正統的人默默替他這個六皇子掃除障礙。

出了新帝的管轄範圍，想下手就不方便了，若是貿然在州府裡動手，反倒惹得州府心生反意。

讓那些人得到想要的結果回去就行，只要江無漾過得不好，新帝就會過得好。

季知節醒來時，午時剛過，這一覺倒是睡得久，整個人舒服多了。

牛大郎已經將雞送過來，放在廚房裡，等她漱洗完就能做料理了。

灶上還擺著熱呼呼的饅頭跟一碗雞湯——江有清煮好了雞湯，正帶著季暉去送給牛大壯。

江無漾的衣裳做好了，被李歡放在一旁。

季知節邊吃東西邊盯著那件衣服——料子是淡銀色的，上面繡著竹節。當初一見到這塊布料，季知節就覺得跟江無漾很配。銀色的料子比其他花色貴一些，然而想到他穿起來會好看，她還是買下來了。

賀媛跟鄭秋兩人在院子裡洗衣服，李歡做了幾日的衣衫，難得休息半日，就帶著孩子等江無漾返家，若他試穿過後沒問題，她就去做其他人的。

季知節不知道江無漾出門了，以為他還在裡頭睡覺，直到瞧見他拿著漁網從外頭回來，手裡還拎著兩桶魚，才發現他已經忙了一輪。

江無漾一回來，江晚就跑過去蹲在地上看魚，季知節走過去，問道：「有多少條？」

「二十條。」

季知節點點頭，這剛好是一天的用量，不過其實他要多捕一點也行，免得總是要下水。

江無漾沒捕太多魚是有原因的。他心想，華京的人走了以後，情況暫時安全，畢竟他們來一次錦城並不方便。

季知節現在想什麼時候離開西平村，都可以。

吃完了手上的東西，季知節便去廚房做起正事。她先處理雞肉，等江無漾忙完，就會來幫她清理魚。

見江無漾收好了漁網，李歡就拿衣服給他道：「去試試這衣裳是否合身。」

李歡許久未做男子的衣裳了，有些生疏。上一次還是剛與江無波成婚那會兒為他做的，現在做給江無漾，倒是不自信。

江無漾看著那件衣裳，遲遲未接過去，見狀，李歡便道：「我瞧這料子不錯，挺襯你的，你莫要辜負了四娘的心意。」

聽李歡這麼說，江無漾才接過她手上的衣服。

江無漾很快便從屋子裡面出來了，許久未穿過質地這麼細緻的衣服，他只覺得渾身不自在。

見衣裳做得合適，不需要修改，李歡頓時放下心來。這件衣裳的款式沒做得複雜，也是怕做起活來不方便。

李歡見江無漾拘謹的模樣，笑道：「我就說這料子適合你吧，倒是有些從前的樣子了，快去給四娘瞧瞧，她定然歡喜。」

廚房裡，季知節正在燙雞肉，聽見身後的腳步聲，回頭正講了聲「你——」，卻在見著江無漾的那一刻，不自覺地停住話頭。

江無漾穿著一身銀色錦衣，細密的紋路讓料子有如銀絲般閃耀，顏色溫潤不浮華，將他的氣質襯托得更加出眾。

衣衫裁量合身，袖子貼合他的手臂線條，袖口露出他粗壯的手腕，衣領高挺而寬鬆，將脖頸勾勒得恰到好處。

季知節愣了一會兒，一時之間眼前全是記憶中那個翩翩青年，直到江無漾的耳尖漸漸紅了起來，她才回過神道：「倒是許久未見你這樣穿了。」

「好看？」江無漾鬼使神差地問出這句話，剛說完就有點後悔了，一顆心七上八下的。

季知節重重點頭，臉上綻放出笑容，說得毫不猶豫。「好看！」

接下來兩人一時無話，等江無漾手中的魚快處理完了，他才開口道：「華京的人來過了。」

季知節起初沒反應過來，問道：「什麼？」

待她明白他說的是什麼以後，倒是不意外，只是覺得奇怪，怎麼一點動靜也沒有？

「妳若是要離開，什麼時候走都可以。」

江無漾一說出這句話，廚房裡又安靜下來，他忍不住抬起頭看了季知節一眼，只見她垂著雙眸，髮絲隨意散落在耳邊，教人看不出此刻的情緒。

良久後，季知節才回了一句。「好，我知道了。」

她在錢莊存的銀子夠在城內買間院子了，什麼時候走都可以。

季知節透過窗戶看向滿院的人，不確定賀媛等人是否願意跟著她去城內。再等等吧，若有合適的機會，就去問她們。

今日季知節只做了魚跟雞，出攤的時間便早了些，兩、三個婦人坐正在樹底下聊天，見到季知節來，一位婦人長吁一口氣道：「還以為季娘子今日不來了呢，我家那口子就愛吃妳做的吃食。」

大夥兒都以為昨日出了余山的事情以後，季知節就不會再來擺攤了，得罪了這惡霸，生意可難做。

「季娘子家裡的人可還好？聽說有人受傷。」

「好些了，多謝記掛。」季知節回道。

一名婦人倒是笑得一臉神秘，說道：「季娘子是不曉得，也不知道是誰，今早竟然將那余山跟何四的上衣扒了，吊在大樹上，也算是為娘子的家人出了口惡氣。」

這婦人聽起來是雙水村的，有人立刻好奇地問道：「是誰綁的？」

那婦人搖頭道：「不知道是誰，大家都在圍觀，卻不敢將他們放下來，就這樣吊到了快正午，等村長來了以後才將人鬆綁，想來他們以後行事會收斂許多，算是好事一樁。」

季知節忍不住「噗哧」一聲笑出來，沒想到他們走了之後，那兩人還被吊了這麼久。

瞄了瞄不為所動的江無漾，季知節心想，大家應該都不知道出手的人正面色如常地賣著吃食吧。

不知道是不是心情好的緣故，季知節覺得今日的吃食賣得快了些，還沒等到田裡的人下工，雞肉已經賣了一半。

等到大批人馬前來消費時，只剩下一隻多的雞。

「你們這有家有口的，欺負我這家裡沒人的是吧？好東西都被你們給搶先買走了，讓我們買什麼？」

季知節隔了兩天才出攤，來買的人就多了，最後只剩下幾條魚。

瞧著東西不多，終於能買的人也顧不上後面的人了，一次就買兩條，推車很快就清空，有人不禁抱怨起來。

「你們天天吃雞不膩啊？」

不知道誰冷不防在人群裡說了一句，惹得周圍的人紛紛朝他看過去。

這一瞧，發現是附近村子裡有錢人家的人。

有人鄙夷地看了他一眼，道：「膩什麼，誰家不是天天吃雞肉，有這些花樣，幹麼不吃？」

說著，他同季知節道：「娘子別理這人，他就是瞧不上人家過得好。」

季知節笑著搖頭說：「沒事，嘴長在人家身上，管也管不住，聽了也不會少塊肉。」反正她該賺的錢不會少。

「季娘子，妳乾脆再多做一點雞吧，這都不夠賣了。」沒買到的人實在覺得可惜。

然而季知節並不想，每日能賣完正好，她邊收拾著推車邊道：「人手不夠，賣這些都吃力了，再多幾隻，怕是出攤的時辰就要晚了。」

見季知節為難，那人只好作罷。

「那魚可以多來一點吧？」又有人問道。

能買上魚也不錯，畢竟季知節做的魚也很好吃。

季知節看了江無漾一眼，她倒是無所謂，就是怕江無漾辛苦。

「可以。」

季知節沒說話，江無漾就先行應下了，大夥兒這才肯讓他們走。

說實話，這裡的民風還是挺淳樸的，想到就快要離開了，季知節還是挺捨不得的。

等熬過了夏季，涼食吃得少時，她就要去城裡瞧瞧了。

第三十章　有仇報仇

到家時，江有清剛打算做飯，見他們推著車回來，便去看看有沒有幫得上忙的地方。

季知節瞧了院子一眼，問道：「暉哥兒呢？」

「大壯在家裡躺著，他就去陪他了。」

季知節點點頭。也好，等一下她要去一趟牛家，找牛大郎買點東西。除了吃食，還要給牛大壯買藥。

去廚房一看，米缸快見底了，看來晚餐吃不上飯，只能吃粥。季知節心想，乾脆就做瘦肉粥，再炒個菜。

做好了粥跟菜，等粥涼的工夫，季知節出門去了牛家。牛妮一開門，她就見到兩個孩子在屋子裡瘋鬧。

牛妮瞧著沒個樣子的牛大壯，徹底沒了脾氣。「本打算讓他好好養著，他倒是坐不住，還好季暉拉得住他，不然都要上房揭瓦了。」

見到季知節，季暉才收斂了一些。

季知節買了一點雞蛋，又跟牛大郎說了需要去城內買的東西，才領著季暉從牛家出來。

他們離開前，牛大壯還有些不捨，非要送著人到門口。「季姊姊，明日能不能讓季暉給我帶點手撕雞過來？」

現在想吃這些，還要去村口那裡買，姑姑忙著餵雞，家裡沒人能過去，他實在嘴饞得很。

季知節笑著答應了牛大壯，他才肯回屋躺著。孟九安的藥也是厲害，她看過他的傷口，已經開始結痂，也不覺得疼了。

等下次見到孟九安，打算再找他要一點藥，若實在不行，用買的也成。

原因很簡單，她要給江無漾備著些。

吃過晚飯，季知節回屋裡記帳。她的手頭還剩三貫錢左右，夠日常使用了，算了算，到月底還有八天左右，除去稅錢，能累積到四貫。

月底，該給大家發工錢了。

記好帳，季知節為鄭秋按起了背。按了一段時日，鄭秋比起剛來的時候好了許多。

「等咱們到了錦城，我就為母親挑個丫鬟，日日給您捏肩、捶背。」季知節跟鄭秋閒聊。

鄭秋每日只見她記帳，卻不曉得她手上有多少錢——除了已知的那五十兩以外。

「我看妳啊，就是覺得母親是個累贅，不願意自己幫忙按了。」

季知節的表情很誇張。「怎麼會，我是想著母親以前被人伺候慣了，咱們如今有了條件，也能過上從前那樣的生活。」

「母親現在不覺得哪裡不好，只要妳跟暉哥兒兩個人好，母親哪怕是馬上去見妳父親，都覺得高興。」

「呸呸呸，這說的什麼話，暉哥兒還沒長大，沒娶上媳婦呢！」季知節立刻說道。

鄭秋笑了一聲道：「也是，妳也還沒嫁人，母親要看著你們成家，這樣以後見著你們父親，說話才能比他更大聲。」

「那母親可得替我好好把把關才行，聽說錦城裡俊俏的郎君多著呢。」

「能有外頭那位俊俏？」鄭秋了解自己的女兒。找夫婿這種話是逗她開心的，女兒眼下一門心思都撲在賺錢上，連對江無漾都沒了從前的想法。

提起江無漾，季知節就不說話了。

鄭秋嘆了口氣道：「要不是現在這個情況，你們想在一起，母親倒也不會反對。只是他畢竟是皇子，若是有一天新帝一個不高興，妳跟著他，可就活不下去了。」

「母親一天天的淨說些喪氣話，咱們不是都活得好好的嗎？」

「好好好，不說這些不開心的了，跟母親說說，妳打算什麼時候去城內？什麼時候找個丫鬟來伺候我？」

季知節仔細思索了一番，道：「九月初吧。」

九月入秋，要在天氣轉涼前找到合適的院子，也需要一些時間。若是找得順利，提早搬過去也可以。

見她是認真的，鄭秋才正視這件事，說道：「妳突然間跟我說起這個，可是有什麼事要我做？」

她這一問，季知節就曉得鄭秋已經知道她的想法，只道：「母親這不是明知故問？」

鄭秋嘆了口氣道：「果然是女大不中留。」

季知節思考了許久，覺得由鄭秋向賀媛開口最好，她出面，最能打消賀媛的顧慮。

「那就全交給母親處理了。」

鄭秋輕笑道：「妳可得記住對我的承諾，給我找個丫鬟才行。妳啊，都成了別人家的人了，靠不住。」

季知節打包票道：「包在我身上，保管母親以後過得比皇后娘娘還舒心。」

鄭秋沒好氣地斜睨了她一眼道：「誰要過得跟她一樣！」

夜深了，外頭忽然嘈雜起來，伴隨著陣陣哭聲。

季知節剛準備睡下就聽見了動靜，擾得她心神不寧，起身出門看看。

村裡燃起許多火把，像是在尋找什麼，江有清也被這陣仗嚇到了，比季知節早一步出門查看情況，正在院門口與人交談。

只見那人面色緊張，快步離開了。

季知節見人走開，就到江有清身邊問道：「這是怎麼了？」

江有清神色凝重道：「他說林大娘跟笑娘失蹤了，問我們有沒有見著。」

「失蹤？」

一股不好的預感從心底裡冒了出來，季知節皺著眉問江有清。「表哥回來了嗎？」

吃過飯，江無漾就帶著季暉去捕魚了，可千萬別出了什麼岔子。

江有清搖頭道：「還沒。」

兩人正說著話，外頭的哭聲更大了，莫名讓人心慌。

季知節等了一會兒還不見兩人的身影，便打算出去瞧瞧。剛打開院門，就見江無漾扛著漁網走來，身後的季暉還拿著烤好的魚。

難怪這臭小子一定要跟去，原是惦記著好吃的。

江有清問道：「你們可知道外頭是什麼情況，這哭聲怎麼越發大了？」

季暉看了江無漾一眼，轉頭就朝外頭跑去，季知節喊道：「這麼晚了你去哪？」

只見季暉揮了揮手裡的魚道：「我給大壯送過去！」

季知節拿他沒辦法，好在牛家離得也不遠，她等他回來就是。

江無漾點頭道：「知道一些，捕魚的時候也看到了。」

看？季知節更疑惑了。

「笑娘投河自盡了。」

季知節腦子裡頓時爆炸了一般，瞬間呆立在原地。

又聽江無漾繼續道：「找到人的時候，衣裳也是破的。」

「林大娘呢？」季知節問道。說話的時候，她的聲音不自覺地開始顫抖。

江無漾看著她說：「林大娘被人打得身上多處骨折，這輩子怕是要癱在床上了。」

聞言，江有清驚呼一聲道：「怎麼會這樣？」

說完她立刻捂住嘴，將院門關了起來，小聲道：「會不會是她們倆跟佘山聯手，才出事的？」

看目前的情況，應該是這樣。被官府處罰又失了顏面，對挑唆者的憎惡更甚，最終鬧出了人命。

江有清知道佘山跟何四被教訓了，便將兩件事聯想在一起。

季知節雖然對她們的遭遇感到心驚，但多半是害怕。佘山他們的手段這麼狠毒，要是對象換成江有清，會不會也落得如此下場？

三個人正說著話，季暉從牛家回來了，見他們還在院子裡，便神秘兮兮地說道：「猜猜我聽見什麼消息了？」

他見沒人應他的話，自顧自地接著說道：「大壯說，笑娘白天就不見了，朱大猛找了她很久。直到快到晚飯時他母親才回去，還跟家裡吵了一架，之後離家出走，不見了。」

「聽大壯說，今日有人在村裡見到了佘山……」後頭這句，季暉說得小聲，看來他知道石笑出事是什麼原因。

季知節叮囑他道：「這件事你什麼都不要說，我們心裡知道就好。」

多說無益，還可能給自己招來禍事。

季暉點頭道：「我曉得。」

夜裡，季知節怎麼睡都不安穩，一下子夢見林大娘，一下子夢見石笑，只見石笑渾身是血地問自己，怎麼不將螺賣給她。

最後季知節渾渾噩噩地睡到第二日巳時才起。

月底那天，季知節跟牛大郎打好了招呼。今日她得去城裡一趟，除了要去衙門繳商稅，還要買點東西，江無漾也會去。

牛大壯好多了，跟季暉一起向李歡學習讀書寫字，有他們兩個在家裡，她多少能放心一些。

季知節跟牛大郎聊起天，他們家新養了一批雞，現在幾乎每日供應給季知節，日子過得比之前寬裕許多。

天氣很熱，季知節先去茶鋪喝茶，鍾祿一看是她，立刻為她倒了茶水。「總算是瞧見季娘子進城了，咱們掌櫃的可是念叨了您許久。」

沒多久便見趙立德抱著一壺茶水親自走過來，季知節一聞就知道是荔枝茶，笑著說：

「難怪茶鋪上的人越來越多了。」

「二公子之前拿方子找我，我一看就知道是四娘的字跡，妳嚐嚐味道可還對？」說著，趙立德為季知節跟江無漾各倒了一杯。

茶水冰鎮過，倒在瓷杯裡，涼意十足。

季知節嚐了一口，味道剛剛好，她誇讚道：「不錯。」

趙立德在她身旁的位置坐下，小聲道：「二公子為了四娘這方子，特地圈了片園子專門種荔枝，聽他的打算，明年打算用自己種的荔枝來配這方子。」

季知節點點頭。今年等荔枝過了季就不能再賣荔枝茶，他提前種荔枝，這樣明年就用得上，成本也會減少，倒是挺會打算的。

「二公子確實會做生意。」

趙立德嘆了口氣道：「要不是這荔枝太貴，尋常人家喝不起，否則這茶水賣起來，四娘收的錢可是要比現在多一倍。」

她倒是不知道現在能收多少錢，問道：「現在這茶不在茶鋪上供應嗎？」

「這茶成本可不低，喝的人是少數，只供應城內的富貴人家，若是哪戶想喝，便到茶鋪上來訂。」

也是，她當初做的時候根本沒想過成本，也沒考慮賣方子，只是孟九安要出價買，她自然樂意賣。

「訂的人可算多？」

趙立德笑道：「城裡訂的人不少，前幾日我去錢莊存銀子的時候，就聽錢掌櫃說四娘這個月可是進帳不少，不過具體多少，他也不方便透露。」

「多謝掌櫃的了。」

趙掌櫃這可是特地提醒她要去錢莊查查銀子了。

臨走時，季知節要給茶水的錢，趙立德死活不肯收，只道以後有好方子就留給他，千萬別給二公子，這次錯過了升職加薪的機會，他可懊惱了。

季知節被他給逗笑了。

目前季知節手上有四貫錢左右，她並不打算存到錢莊裡。拿著玉珮到錢莊查了查帳戶裡的錢，確實多了不少，目前儲金總共七十九兩。

季知節看了看帳目，沒有什麼問題，她從裡面取了十兩出來，錢莊重新為她寫了張憑據。

手上的錢要留著過日子，接下來錢莊的錢可不能再動了，要留著在錦城買院子，而且置辦家具也要不少錢。

從錢莊出來，兩人買了些禮品帶去衙門。這次季知節特地為孟九安買了些好的茶葉，這也是她取錢的本意，光是茶葉就花了將近三兩，其他東西倒是不貴。

孟九安幫了江有清，送點禮也正常。她跟江無漾商量過，禮不能太重，太輕也不合適，碰巧孟九安曾嫌棄過她的茶，乾脆送點茶葉得了。

衙門裡這時候人不多，只有劉祥貴一個人在。

隔得老遠，劉祥貴就見季知節跟江無漾走過來，他連忙迎上前去。吃過季知節做的東西以後，他再吃其他東西都覺得索然無味，如今光是見到季知節本人，都覺得食慾大增。

「季姑娘怎麼過來了？」

見他記得自己，季知節笑著說道：「這不是到了月底嘛，過來繳商稅。」

這種事本是底下的人做的，但劉祥貴沒事，便親自替季知節算起來，邊算邊說道：「季姑娘可知道吳家宴會上要做什麼菜色了？」

難怪他這麼熱情，原來是惦記上吃食了。季知節道：「尚不知，想來這幾日該定下來了。」

劉祥貴跟吳杏峰曾共事一段時日，也在受邀之列，自然關心這個，不過只要是季知節做的，不管怎樣都好吃。

季知節的帳簿寫得很詳細，銅板也提前準備好，劉祥貴見數目對得上，便在帳簿上蓋了章，這個月的帳就算是清了。

聽劉祥貴這麼問，季知節就知道他會出席，於是問道：「劉大人可有什麼想吃的？若是可以，看看能不能加上。」

「這樣啊，娘子上次做的那個烤鵝是真的好吃。」

呃……她能不能收回剛剛那句話？

烤鵝做工複雜，要是吳家要求還可以，若要另外加上，倒是難。

就在季知節為難之際，劉祥貴又道：「那道獅子頭也不錯，其實季姑娘做什麼都好吃，有得吃就成。」

他倒是個吃貨。

季知節送了點吃食給劉祥貴，臨走前又問孟九安在不在，她得把茶葉送出去。

「這幾日二公子不在錦城，回了萊州府，季姑娘可有事找他？」

不是說瓷器還未趕製出來嗎？他怎麼有空到處跑？

這話季知節沒敢說出口，只道：「上次多虧二公子幫了民婦的家人，想送點東西給他，既然他不在，就麻煩劉大人等他回來後幫忙轉交吧。」

「二公子快回來了，季姑娘要是得空，自己來送也成。」

季知節不想再跑一趟，道：「二公子太忙，擔心再撲空一場。」

「大公子這幾日身子不太舒服，二公子回去瞧瞧而已，如今窯廠那邊有吳老爺看著，他事情不多。」

孟九安終究說動了吳杏峰，便不用麻煩自己的親哥孟百京了。

劉祥貴也不想接這個燙手山芋，省得被他「教育」。「喔，對了，二公子也會參加吳老夫人的壽宴，季姑娘不妨那時候給他。」

見劉祥貴推託，季知節只好作罷。

李歡託江無漾買本書回去，買好其他東西之後，剛好路過書店，江無漾跟季知節打了聲招呼，便走進去了。

季知節對書不感興趣，就在門口等著。聽見一陣敲打聲，見鐵器鋪離書店不遠，她便走了過去，見江無漾盯了許久的那把長劍還掛在門邊的牆上。

鬼使神差之下，季知節走上前問道：「掌櫃的，這長劍怎麼賣？」

江無漾出來的時候，並未在書店門口瞧見季知節，心想她應該是去哪裡買東西了，便在書店門口等她。

等了一會兒，不見季知節回來，江無漾索性在街上逛了起來。

街道上擺著琳琅滿目的商品，除了日常生活用具，賣得最多的，就數姑娘家用的胭脂水粉與配飾。

江無漾想到季知節頭上的小木棒，再看向眼前造型多變的漂亮髮簪，打算為她買一支。

第三十一章　猶豫不決

這幾天江無漾捕過一次魚，賣了近百文，加上手邊的餘錢，買根髮簪還是夠的。

看了一圈，最後一支竹製模樣的髮簪入了江無漾的眼。那髮簪是墨綠色的玉，雕刻成一節竹節，頂端細緻地刻了竹葉，在陽光照耀下，彷彿一片竹林中的清泉，清新而溫潤。

季知節將長劍買回來，便見到江無漾在書店門口等候，也不知他等了多久，只見他安靜地靠在書店的牆上，看著街上人來人往。

「等很久了吧。」季知節快步走上前去。

「你——」

「妳——」

看向對方同時伸出的手，兩人都有些驚訝。

季知節望著他手中的髮簪，不可思議地問道：「這是送我的？」

就算有了錢，季知節也沒買飾品。她見過好看的，只是總覺得有些浮誇，不如戴著根小木棒合適。

江無漾買的這根髮簪是竹子形狀的，頗為淡雅脫俗，倒是很不同。

他應了一聲，生怕她不喜歡。

季知節拿過髮簪，將它插進髮髻裡，滿臉笑容地問道：「好看嗎？」

在江無漾的世界裡，此刻周圍一片寧靜，他只聽見自己肯定的回答。「好看。」

「這個給你。」季知節將長劍拿給他。

江無漾這才發現，這把長劍正是自己看了許久的，沒想到她竟然注意到了。

怕他不接受，季知節說道：「總覺得這把長劍挺配你的，現在家裡不太安定，需要點護身的東西。」

「多謝！」

江無漾接過長劍輕輕揮舞兩下，劍身在陽光折射下泛起銀光，是把好劍。

「不用謝，最多算咱們交換禮物。」季知節指了指頭上的髮簪道。

季知節買了幾根冰糖葫蘆回去，剛一進門，孩子們就圍上來了。

見季知節拿出紅通通的冰糖葫蘆，幾個孩子饞得直流口水，季暉、牛大壯與江晚各一根，三個人排排坐在凳子上吃，模樣乖巧得很。

牛大郎來叫牛大壯回家，只見他一副不願意的樣子。

剛送走他們，就見黎哥駕著馬車過來，季知節迎出去道：「黎掌事怎麼這個時候過來了？」

黎哥笑道：「馬上就是老夫人的壽辰了，明日傍晚要請季娘子過去決定菜單，特地過來知會一聲。碰巧老夫人想吃娘子做的吃食，便過來下訂單，娘子來的時候送過來就成。」

「行，老夫人想吃什麼？」

「盧管家定了些菜色，打算在壽宴裡加上季娘子平常賣的雞肉，只是不知是要白斬雞還是鹽焗雞好，所以想請娘子明日做一些過去再給大夥兒嚐嚐，好作決定。」

這兩種雞料理，黎哥各自訂了六隻的分，一共十二隻，他又訂了二十條魚，一共付了四百六十文。

收了錢，季知節便讓季暉去牛家下單，這筆訂單跟平常賣的量差不多，明日就不去村口處擺攤了，只是這些東西他們不方便自己帶去吳家，還要找牛大郎借牛車才行。

走了一日，季知節有點疲倦，她簡單地煮了點菜，吃完便洗洗睡了。

各屋都熄了燈，只剩下江無漾一個人在院子裡。

他抽出那把長劍，刀身如銀，散發著冷冽的寒氣。劍柄用優質的木材製成，劍刃鋒利無比，在手中掂了掂，還算稱手。

江無漾心想，他定然要用這把劍，取下仇人的項上人頭。

第二日雞鳴的時候，季知節就起床了。看著院子裡多出來的魚，就知道江無漾昨晚又去捕魚了，還順手摸了些螺回來，量不太多，兩份而已。

螺現在少了，賣不了幾份，這段時日季知節沒做，季暉昨日吃飯時念叨了一句想吃，沒想到竟然被江無漾記下了。

季知節打算做點螺螄粉給他們嚐嚐，昨日買了些花生跟雞腳回來，用來搭配螺螄粉正好。

先將螺洗乾淨，放在水裡吐沙子，再挑些螺肉出來，煮完之後放點料在米粉裡面，剩下的螺單獨炒一份吃，留下來則的熬成湯底。

米粉是買現成的，酸筍是自己醃製的，家裡還有點辣椒，剛好夠用。

季知節拿了五顆雞蛋出來，準備另做幾顆炸蛋，光是用想的，口水就要流下來了。

她隨即想起江無漾不吃酸筍，便沒在他的碗裡放這個。

根據季知節的觀察，也就江無漾不太喜歡這個味道而已，以前在炒河螺裡面也加過，大夥兒都能吃。

季知節不禁輕輕「嘖」了一聲。酸筍才是螺螄粉的靈魂呢。

兩個年紀大的跟孩子們吃不了辣，季知節就煮點麵條給他們，湯底裡面加了雞腳一起熬煮，不一會兒味道便出來了。

季暉是最先起來的，他聞著味道進了廚房。「阿姊，今天是不是有好吃的？」

「你全身上下就鼻子最靈，快去洗把臉，等一下去把大壯叫過來，我給他也做了一份。」

季知節挺喜歡牛大壯的，自從他常來以後，季暉比之前更活潑了。

應了一聲後，季暉快速地漱洗完，就去了牛家。

江有清見廚房裡忙得很，便過來瞧瞧有沒有需要幫忙的，廚房很悶熱，季知節便說道：「妳去外頭等著吧，快做好了。」

沒多久，螺螄粉就做好了，酸筍的香氣四溢。

等季知節端著滿滿一大碗的螺螄粉出去，季暉就湊上來了，再放上炸好的雞蛋，色、香、味俱全。

牛大壯猛地吸了口氣道：「好香啊……」

「都嚐嚐看，瞧瞧喜不喜歡這種螺螄粉？」

季暉跟牛大壯吃了起來，這螺螄粉聞起來臭，吃起來卻是香的，尤其是這酸酸辣辣的口味，配上雞蛋、雞腳還有螺肉，爽快極了。

除了江無漾，其他人都吃得歡，季知節看著他，笑道：「放心吧，你這份裡頭沒放酸筍。」

江無漾愣了一下，隨即吃了起來。

剛煮出來的螺螄粉很燙，還要讓炸蛋充分吸收湯汁，吃的速度就慢了些。想念這個味道已久，季知節吃到肚子都脹了起來，滿足極了。

吃完了以後，她坐在院子裡看江無漾帶季暉跟牛大壯習武，等太陽一大就回了屋。

上午不忙，季知節準備休息一會兒再處理吳家要的東西。

回到屋子內，鄭秋正在做衣服。差不多每個人都有新衣了，鄭秋另外做起了季暉的衣服，他正在長個子，又習武，衣服換得快。

見季知節進來，鄭秋停下手裡的活，對她說道：「我昨日跟妳姨母說妳打算搬去城內，問她願不願意跟咱們一起去，兩家互相有個照應。」

季知節躺在鄭秋身邊，摸著肚子說道：「姨母是不是不願意？」

鄭秋搖頭道：「她沒說去不去，只說要考慮一下，說他們人多，不能一直拖累咱們。」

這還是鄭秋頭一回覺得賀媛古板。「當初咱們落魄的時候，都沒想過什麼拖不拖累的，現在日子過得好了，她倒想起這個來。」

季知節聽見這話，笑道：「母親覺得姨母應該跟著咱們一起走是吧。」

如今這兩個人的關係比過去好上太多，季知節也很高興，認為這樣才像一家人。

鄭秋瞪了她一眼，嘟囔道：「走不走是她的事情，等咱們離開了，她好不好誰又知道？西平村現在人心惶惶，在這裡也不好過。」

自從石笑跟林美香出事以後，西平村裡戒嚴，問起林美香是誰將她傷成這樣的，她卻怎麼都不肯說。

聽聞她的丈夫想將她給扔出家門，還是他兒子邱智跟兒媳婦梁惠娘攔著才沒如此。

「過幾日我再去問問看姨母。」季知節決定自己去說明情況，也好讓賀媛心裡有個底。

等江無漾教完了季暉跟牛大壯，就回屋換了身衣裳，準備跟季知節一起去吳家。一出了屋，就見賀媛在門口站著。

賀媛拉著江無漾進了屋子，將門給關上，一副欲言又止的模樣。

江無漾默默地等她開口，賀媛猶豫了半晌，最終說了句。「你可知道四娘他們要搬去城內了？」

雖然早就知道她一定會離開，可真的聽到這個消息時，江無漾心裡卻有些難受。

見江無漾點了點頭，賀媛嘆了口氣道：「昨日你姨母找過我，問我們可願一起去。」

她要帶他們走？江無漾驚訝地問道：「母親怎麼回答？」

賀媛搖頭道：「事情這麼突然，教我怎麼回答？我只說會考慮考慮，也是想問問你的意見。」

若是江無漾本人的意思，他肯定願意去城內，那裡能抓住的東西多得多，比起在西平村裡為了生計忙碌度日，不如去城內看看有沒有機會，也許能讓他離華京更近一步。

「嫂嫂跟有清怎麼說？」

既然母親來問自己，就表示她已經問過她們兩人的意見了。

「有清喜歡四娘，自然願意跟著去，你嫂嫂覺得自己帶著兩個孩子，太麻煩四娘了，心裡多少過意不去，所以母親來問你。」

江無漾低下頭思索著，臉上的訝異已褪去，恢復平常的波瀾不驚。「我都可以，一切聽母親的。」

「唉，老實說我也覺得太麻煩四娘了，咱們人多，她那麼忙，還要照顧咱們，太勞累了。現在你能捕魚，有清能做吃食去賣，既養得活自己，就不要再依賴四娘，她也能輕鬆些。」

「好。」江無漾回答得乾脆。

「只是……」賀媛停頓片刻，看了江無漾一眼道：「如此一來，你跟四娘的緣分就真的要斷了。母親看得出來，你們最近相處得不錯，想聽聽你的想法。」

原本賀媛覺得他們倆像兄妹，可是這些日子下來，她瞧出江無漾喜歡季知節，只是他心頭有太多事壓著，讓他不敢表露。

沈默良久後，江無漾逐漸冷靜下來，沈聲道：「我們，沒有什麼。」

或許連他都沒聽出來，自己的口氣有多失落。

賀媛見他不願承認，也沒辦法。他們之間的事情該自己處理，何況她瞧季知節現在對江無漾並無想法，她沒什麼好勸的。

在賀媛離開屋子之後，江無漾一直都沒出來，直到太陽快西沈，季知節將東西都準備好了之後，他才走進院子裡。

季知節還以為江無漾睡過頭，正打算一個人將物品抬上牛車，手上忽然一輕，抬頭一看，江無漾已將東西給拿走了。

有江無漾的幫忙，整理物品的速度快了許多，等兩人收拾好上了車，牛大郎就趕著牛車朝吳家而去。

黎哥在門外等他們，牛車剛停下，就有人出來將東西抬進去。

「盧管家在偏廳等著兩位了。」

季知節記得在哪裡，自行跟江無漾走進去了。

盧管家正在核對賓客名單，見到季知節過來了，便將擬好的菜單拿給她看。

季知節掃了一眼，沒想到真的看到了脆皮烤鵝這道菜。

這下倒是隨了劉祥貴的願，只是做烤鵝需要烤爐，量一大，只怕沒位置烤。

季知節說出自己的顧慮，盧建修便道：「娘子放心，我差人在後院裡頭砌了個大烤爐，一次可以烤二十隻。」

「二十隻？」季知節很驚訝。這得是多大的爐啊？

盧建修笑道：「還不是因為娘子做得好吃，讓我們老爺念叨許久，非要在宴會上吃到，才將這烤鵝給安排上了。」

除了脆皮烤鵝，還有幾道是上次季知節做的料理。

盧建修問道：「季娘子可覺得有什麼要改的？」

季知節又看了一遍菜單，見是平常酒席上的菜色，點頭道：「我都能做，只是白斬雞跟鹽焗雞兩種都要？」

盧建修點點頭道：「原只打算要一種，可家中爭執不停，老爺沒辦法，便兩種都要了。」

「我有個要求，要用的雞得由我來挑選。」

季知節的意思是，必須用她指定的雞肉做這兩道菜。

盧建修倒是毫不猶豫地應下了。「沒問題。」

吳家的宴會大約有四十桌，四十桌以內的工錢一共是十兩銀子。其他人可沒這個價格，是看季知節手藝好才給這個數，若是超出四十桌，金額另外算，季知節自然沒意見。

季知節粗略算過，牛家能提供一百隻雞，因為還要送過來，所以價格是十五文一隻。盧管家預付了一貫當訂金，其餘費用等雞送來當天結清。

商議完，季知節跟江無漾就出了門，臨走前，黎哥還給季知節送了些荔枝，要她記得到時幫他們留幾個菜。

季知節將訂金交給牛大郎，牛大郎一臉錯愕地問道：「這是？」

「吳家訂了一百隻雞，想在初三宴會當天用，十五文一隻，一共一千五百文，這是訂金。」季知節問道：「一百隻雞有吧？」

牛大郎沒想到陪季知節出一趟門，還能為自己拉一筆大生意，忙道：「有是有，就是送給吳家以後，暫時不夠季娘子出攤。」

季知節笑了笑，道：「沒事，沒了就休息，賺錢的機會可不等人。」

牛大郎接過錢，朝季知節道謝。

現在他們家裡的雞一批接著一批養，等下一批出欄還要十天左右，只怕季知節要休息一段時日了。

宴會上的菜品不少，季知節後日一早就要去吳家準備才行，她跟江無漾說了一聲，他只應了「好」一個字。

季知節覺得江無漾怪怪的，今天他一句話都不說，臉上也沒什麼表情，她總覺得兩人又退回最初那種有距離的情況。

她正想問問他發生了什麼事，可話還沒說出口，就到了家門外。

天剛剛黑下來，彩霞散發著最後的光芒。

牛車一停，江無漾立刻下車，根本沒給季知節說話的機會，他甚至沒在院子裡停留，逕自回了屋子。

見季知節進了院子，鄭秋便拉著她去了一旁，小聲道：「今日妳姨母同我說，他們不打算去城內。」

季知節的目光先是落在院子裡的人身上，最後飄向江無漾窗前——原來是因為這個。

宴會前這段時間，季知節本就不打算擺攤，吃晚飯前，她拿出準備好的銅板，打算分給大家。

這個月剩下的錢不少，她拿了一貫出來。江無漾得了一半，畢竟他最辛苦，除了捕魚還要跟著自己出攤，得的當然要多一些。

江有清得了三百文、季暉得了一百文，李歡偶爾幫忙，也得了一百文。

季知節提早打過招呼，這些錢他們倒是都收下了，不過鄭秋跟賀媛她並沒給，反正給了她們也不會要，心想很快就到中秋了，那時再包個紅包就是。

除了季暉的錢給鄭秋保管，其他人拿到錢以後，都向季知節道了聲謝。

第三十二章 為非作歹

吃過晚飯以後，李歡去尋江無漾，她取出他跟季知節訂親時拿的半塊玉珮，嘆了口氣道：「這塊玉珮說是暫時替你保管，眼看也到了時候，若是四娘要去城內，再用這層關係束縛住她也不好，你若是真的認清了自己的心意，婚約解不解除都行。」

江無漾接下了玉珮。他曾無數次想過要退婚，現在機會到了手中，倒是猶豫了。

李歡出去了，江無漾打開窗戶看向星空，過了許久後，他才下定決心，等到季知節真的要走的那天，他再把這半塊玉珮還她。

江無漾滿懷心事，沒留意到在這個無風的夜裡，院門外的草叢卻簌簌作響。

賀家兩兄弟蹲在草叢裡，賀天低聲道：「你聽見他們剛剛說的話沒有，季知節之後要帶人去吳家，只剩下李歡跟姑母兩個人在家帶孩子。」

見賀地點點頭，賀天又道：「告訴其他人，可以準備動手了。」

吳老夫人壽宴前一天，季知節一大早就帶人去了吳家，吳家一片喜慶，到處掛滿大紅燈籠，張燈結綵。

牛大郎先用牛車送了雞過來，一百隻雞處理起來挺累人的，他跟牛妮都來幫季知節的忙。這兩道雞料理耗時久，今天就要先備好，明日調了醬汁便能直接上桌。

等雞全部處理完，差不多就到了下午，一群人累得連話都不想說。鵝是買現成的，要現烤才好吃，明日宴會烤好就行。

季知節還要預先做好一些菜，像是獅子頭跟糖醋里脊，還有一道桂花糕跟甜品糯米藕，這些都能先做出來。

弄好這些東西，回到家都要子時了，他們已經在吳家吃過飯，還帶了些吃食回來。

季知節回來之後漱洗完倒頭就睡，不知道是不是太累了，她一整夜翻來覆去、心神不寧，還是鄭秋將她給叫醒的。等她起來，才發現其他人都在等她，頓時不敢再磨蹭。

不用想也知道今天會比昨天還要忙，熬過這一回，她就能好好休息幾天了。

宴會料理的重頭戲是脆皮烤鵝，季知節看了看烤爐，確實是挺大的，只是這樣火候更要仔細看好。將鵝肉裡裡外外塗好之後，看火的重責大任就落在江無漾頭上。

湯要先燉，等開席就能直接上桌。

忙忙碌碌大半天，總算是趕在開席前完成了。

季知節將做好的桂花糕給黎哥留了兩份，正打算拿到前廳給他，還沒走近，就瞧幾個人朝她圍過來，將她手上的吃食瓜分乾淨。

大夥兒忙了許久，都還沒來得及吃飯，加上又時時聞到廚房裡的香氣，個個都饞得很。

「季娘子做的吃食真好吃，我吃過這麼多回桂花糕，就數這次的最好吃了。」

這兩日，吳家的下人都跟季知節混熟了，見到她這裡有東西吃，全想摸一點走。明明是給黎哥送的吃食，到頭來他卻沒吃上，他不禁將他們趕到一邊去，道：「去去去，怎麼都搶上我的吃食了！」

瞧黎哥生氣的樣子，季知節笑道：「等一下不忙了，我再給您做一點送來。」

黎哥現在忙得很，本來就沒什麼空吃，聞言點頭道：「辛苦季娘子了。」

兩人正說著話，季知節就瞧見前廳有一群人路過，劉祥貴也是其中一員，只是她在的位置偏僻，沒被他瞧見。

孟九安也在，他正在跟吳家大公子說話。

季知節不敢在這裡多待，跟黎哥說了一聲就返回廚房，就在她轉身的那一刻，孟九安突然回頭，朝著她方才站的位置看過去。

等到正式開席，廚房這裡反而不是最忙的了，看著菜一盤一盤被端走，季知節逐漸放鬆下來。

她做了些醒酒湯讓黎哥端到前廳。醒酒湯沒做多少，要端給誰，黎哥心裡也有數。大廳裡只有一桌客人，盡是有身分的人。

黎哥給那些人各自倒了一杯，最後將湯杯放在孟九安手邊，道：「這是季娘子給諸位送來的醒酒湯，說是喝了胃會舒服些。」

孟九安立刻將杯裡的湯一飲而盡，果然覺得胃好過了點，他正想開口說話，黎哥就搶先道：「季娘子說這方子不賣。」

確實是她的風格。孟九安輕笑出聲。

這醒酒湯味道不錯，不過他不是想拿來賣，而是想拿給他大哥。孟百京的胃本來就時常不舒服，偶爾又有喝酒應酬的事情，長期下來難免傷身。

可惜季知節不曉得這是孟九安這個當弟弟的一片苦心，不然她或許會考慮教他。

月黑風高的夜，臨近子時，西平村大多數屋子裡都熄了燈。

牛大壯差不多兩日沒見到季暉了，想去看看他回來了沒。他白天躺了一日，眼下睡不著，打算去他家等他。

還沒走到季家，牛大壯就瞧見幾個鬼鬼祟祟的人影，他看這些人眼生，頓時提高了警覺心。這段時日村裡戒嚴，大夥兒特別留意外人，牛大壯便縮成一團，躲在草叢間，看看他們想幹什麼。

牛大壯看得仔細，他們一行四個人，衣服的料子看起來不錯，不是他們這種人買得起的，瞧著是有身分跟地位的人——這樣的人，這個時候來這裡做什麼？

他觀察了一下，只見他們的目標明確，朝上坡而去。

上坡？等等，那不就是季暉家？

牛大壯捂住嘴，生怕被他們聽見自己的驚呼聲，上頭的院子裡只亮著一盞門口的燈，那就代表季姊姊跟江大哥還沒回家。

瞧來人似乎很清楚狀況，牛大壯的小腦袋瓜精明了一回——難道他們是為了屋子裡的李歡姊姊？

牛大壯正思考著，結果前頭的人不知被什麼給絆了腳，差點摔倒，低聲咒罵道：「要不是為了美人兒，打死我也不來這種鬼地方！」

「賀地，你不說話會死啊？」

眼見自己猜得沒錯，牛大壯更驚恐了。

李歡姊姊不可能抵抗得了這四個男人的，他要趕緊去搬救兵才是。沒來得及多想，牛大壯朝村口的位置拔腿就跑，他的腿已經休養了一段時間，雖未好全，但下地走路不成問題。此刻牛大壯什麼都顧不上了，用盡全力奔跑，就怕自己動作太遲，造成不可挽回的遺憾。

賀天等人來往西平村幾次，將這裡摸了個大概。江無漾若是在，他們便不敢太靠近；若是不在，他們便趁其他人不注意打探情況，清楚地知道李歡住在哪間屋子裡。

門口點著一盞燈，四人悄悄地將門鎖給打開。

好在牛大壯沒跑多遠，就在村口的地方瞧見季知節他們回來。

季暉還以為自己看花了眼，喃喃道：「我不會眼花吧，大壯來接我們了？」

確認是牛大壯之後，季暉就朝他跑過去，還以為牛大壯看見他就會停下來，沒想到他略過自己，直接跑到江無漾面前，喘著粗氣大聲道：「不好了，有人要欺負李歡姊姊！」

「你們這是要幹什麼，快放開我！」李歡被人從屋子裡拖了出去。

這動靜嚇得江晚在她身後大哭，賀媛連忙從屋子裡跟出去，就著院門口的燈，看清來人的真面目。

賀媛立刻冷聲喝斥道：「賀天，還不讓人住手?!」

然而賀天一點都沒將賀媛放在眼裡，如今她沒了權勢，什麼都不是，若非她是自己的親姑母，他早就動手打人了。

聽到李歡在旁邊大叫，賀天嘴角一勾道：「妳說我要做什麼？我那表哥不在那麼久了，妳是不是寂寞得很？」

李歡猛地掙脫束縛，伸出手，「啪」的一聲脆響，火辣辣的疼痛在賀天臉上炸開，還留下了一道清晰的掌印。

賀天反手就給了李歡一掌，她的身子朝地上用力摔去，耳裡充斥著耳鳴，頓時什麼都聽不到了，只瞧見賀天的嘴動個不停。

賀媛聽他說起江無波，氣得全身發抖。「無波在世時沒少照拂你們，他死了，你們竟然打起他妻子的主意，你們……你們簡直不是人！」

提起這個，賀天就一肚子火。「哼，當初是我先要娶李歡的，誰知被他搶走了，難道要我對他感激涕零不成？」

此時李歡的耳朵稍稍聽清楚一些了，她呸了一口道：「你也不瞧瞧自己幾斤幾兩，我看得上你?!」

這無疑是火上澆油，賀天眼裡閃過一抹狠辣，將李歡從地上提起來。他的力氣太大，將她的衣領扯破，露出了白皙的脖頸來，在場其他男人頓時心癢難耐。

「放開我母親……放開我母親！」

小小的江晚想推開賀天，可她哪是賀天的對手，她用盡了全力，他卻不動如山。

江晚的哭聲很大，將屋內的江晞給吵醒了，一時之間，這個角落被哭聲包圍。

賀媛拉住賀天的袖子，想將李歡從他手裡搶過來，她怒道：「你若是就此罷手，現在還能離開，等一下動靜大了，來了人，你們可就走不了！」

聽到他這麼說，賀天等人相視一笑。

看著依舊黑漆漆一片的西平村，賀地笑道：「姑母，您可別天真了，瞧瞧，這村裡可有燈亮了？」

賀媛愣住了。江晚跟江晞哭得這般大聲，不可能沒人聽見，然而眼下無一盞燈亮起，只怕是沒人會來幫忙。

只見賀天一把推開賀媛，狠狠捏住李歡的下顎，問道：「妳跟不跟我走？」

他下手的力道重，李歡的下巴霎時通紅一片，她的眼裡透著決絕。「絕不！」

這個回答在賀天的意料之中。

衣服的撕裂聲響起，李歡身上的衣料被扯下大半，賀天的手掌在她腰間摩挲，鼻息噴往她耳後，用令人作嘔的語氣說道：「還是妳喜歡在這裡？」

賀媛被撞到腰，趴在地上直不起身子，她罵道：「你若是欺負你表嫂，六哥兒回來定饒不了你！」

聽見江無漾的名號，賀天忽然笑出聲來。「等他回來，生米已經煮成熟飯，他能奈我何？不過是條喪家犬，自身難保。還是說，他要享齊人之福，既要季知節養著，又要強占嫂子？」

他說得下流，李歡怒喝道：「你混蛋！」

這聲喝斥在賀天的耳裡如同嬌嗔，他的聲音軟了下來。「我就讓妳瞧瞧什麼是真正的混蛋，過了今夜，妳就是村裡人盡可夫的賤人。」

賀天的話重重打擊了李歡，她全身止不住地顫抖，哀求道：「求你放過我……」

誰知此舉換來賀天更加粗鄙不堪的話語。「求？妳打算怎麼求？待會兒有的是妳求！」

江晚被賀地壓制在一旁，哭聲嘹亮，江晞也在屋子裡哭得嗓子都快啞了。

一陣急促的腳步聲快速朝著院子而來，瞧見來人以後，其他三個男人頓時驚恐不已——江無漾這麼快就回來了？

賀天還沈浸在李歡的美貌裡沒緩過神來，沒注意到周遭的情況，瞬間就被江無漾一腳踹倒在地。

他憤怒不已，怒吼道：「誰踢老子?!」

下一刻，清涼的山泉水朝賀天身上潑灑而下，季知節端著一個木盆，高高在上地看著賀天道：「清醒了沒？睜開你的狗眼看看我們是誰！」

渙散的視線逐漸聚焦，當看清楚江無漾就在眼前時，賀天差點尿濕褲子。

另外三個男人見到江無漾回來的那一刻，隨即丟下賀天逃命去了，現在只留下賀天一個人在院子裡。

季知節連忙去拿件衣服披在李歡身上，將她緊緊擁在懷裡，直到真切地感受到季知節的溫度，李歡才整個人癱在她身上，全身上下止不住地顫抖。

鄭秋將賀媛從地上扶起來，江有清進屋哄江晞，季暉則從江無漾的屋子裡走了出來，扔給他一柄長劍。

銀光閃現，冰冷的刀刃頓時架在賀天的脖子上。

江無漾的眸光陰冷，猶如沒有感情的修羅。

賀天打從心底感到害怕，說道：「表哥……表哥，我知道錯了……饒了我吧。」

他聲音顫抖，身子微微一動，脖子便被鋒利的長劍給劃出一道口子，溫熱的液體順著脖子流下，令他不敢再動。

江晚窩進李歡懷裡，哭得更大聲了，沒了方才的恐懼，而是有種劫後餘生的委屈。

李歡想抱住她，卻怎麼都動不了。

季知節扶著李歡去旁邊找椅子坐下，江有清將江晞抱過來，示意江晚到她身邊站著，江晚這才慢慢止住了哭聲。

江無漾眼底的殺氣越來越重，賀天脖子上感受到的壓力也越來越大，冷汗從他後背冒了出來。

賀天拉著賀媛的腿哀求道：「姑母……姑母，救救我，我好歹是您的親侄兒啊，您怎麼能看著表哥殺我？」

這讓賀媛於心不忍，正欲開口，鄭秋就走過來擋在她身前，遮住了賀天的目光。「天殺的有你這麼個侄兒，賀康當初流放時就已經與他姊姊一家斷了關係，你們如今算個勞什子親戚?!」

賀天見無人替自己說話，索性破罐子破摔道：「江無漾，有本事你就殺了我，殺人償命，我看你能護著李歡到幾時？」

「啪」的一聲脆響，季知節頭一回打人了。「你給我閉嘴！」

她這一巴掌用了全力，自己的手也疼到不行。

江無漾已經差不多沒了理智，賀天再這麼一刺激，只怕江無漾真的會殺了他。為了殺賀天這種人渣而賠上自己，一點都不值。

賀天被季知節打得呆掉了，半晌說不出話來。

季知節想將江無漾手中的長劍移開，奈何他一動也不動。她明白江無漾是覺得自己愧對江無波，沒能守護好李歡，陷入了自責中。

「表哥？」季知節輕聲喚道。

聽見季知節的聲音，江無漾空洞的雙眼慢慢有了焦距，見她一副擔憂的神情，他慢慢別過了臉。

賀天反應過來後，咬牙切齒道：「季知節，妳敢打我？」

季知節上前踹了他一腳。「打的就是你，如今你我都是平民，你又算是個什麼東西?!」

「妳——」

不給他說話的機會，季知節又是一腳。

賀天悶哼一身道：「妳為了江家倒貼江無漾，給他們一家洗衣做飯，他可曾念著妳半分好？妳可知他為何這麼生氣，還不是因為他貪圖李歡的美色？」

他對著季知節一陣胡言亂語，想離間他們之間的關係，稍稍緩過來的江無漾一聽見賀天的話，眸色比剛剛更冷了。

季知節真的火大了，她一把奪過江無漾手中的長劍，指著賀天道：「再胡說八道，小心我割了你的舌頭！」

第三十三章　連夜進城

季知節確實擔心江無漾殺了賀天，然而眼下她更怕李歡想太多。今夜動靜鬧得這麼大，不管有沒有失了貞潔，李歡的名聲只怕要沒了，若她再與江無漾產生隔閡，很可能會尋短。

賀天見季知節反應這麼大，以為戳中了她的心事，譏笑道：「被我說中——」

他的話還沒說完，只覺得臉上一涼，疼痛感立刻傳來——季知節劃傷了他的臉。

沒料到季知節會突然動手，賀天跟江無漾都是一愣。

江無漾皺眉，拿走她手中的長劍，不想讓這樣的人髒了她的手。

「現在怎麼辦？」季知節問江無漾。

剛才那下只是給賀天教訓，她不會真的將他殺了，然而就算揍得他半死也不夠解氣，女子的名節也不是這樣就能補回來的。

「殺了！」江無漾言簡意賅。

賀天臉色一白，他相信江無漾說到做到，李歡的表情也是一震。

「你殺了我，明日父親就會帶衙門的人過來，到時你們一個都別想跑！」賀天面露驚恐地威脅道。

這話不假。季知節攔著江無漾，不讓他動手。「你若真的殺了他，不僅害了自己，還會害了表嫂。」

江無漾不解地看向她。

「往後你讓表嫂如何自處？」季知節說道。

鬧出人命，衙門的人定會審理此事，不管李歡是不是受害者，她都不可能全身而退。

江無漾愣住了，看向李歡。

只見李歡緊緊裹著衣服，神情複雜且專注地看著季知節，全然忘了害怕。

「妳想怎麼做？」江無漾問季知節。

聽見自己能活命，賀天忙向季知節求饒。「姑奶奶，妳饒了我好不好？」

「我可沒你這種孫兒，晦氣！」季知節朝他呸了一口，又道：「該如何處置他，我們說了不算，要看表嫂想怎麼做。」

李歡愣住了。

她？

李歡苦笑一聲，這是她想怎麼樣就能怎麼樣的嗎？經過此事，她還有何顏面去見九泉之下的江無波？

她眼神空洞，強迫自己冷靜下來。不管是為了自己還是為了江無漾，賀天都不能死。

「讓他走。」李歡別過臉，努力讓自己平靜地說出這句話。

賀天說得沒錯，他若是死了，江無漾就得一命抵一命，不划算。

對這個結果，季知節並不感到意外。在場的人當中，唯有賀天一人是高興的。

賀天剛想站起來，卻被季知節一把推倒在地，賀天不悅道：「妳這是做什麼?!」

季知節蹲在賀天面前，對江無漾說道：「雖說不能殺，但總要消消氣才是，不如挑斷他的手筋，看他以後還怎麼胡作非為。」

賀天臉上一陣紅一陣白，良久才憋出一句話來。「你們敢？」

「我怎麼不敢？」季知節站了起來，笑得滿不在乎。「又沒要你的命，就算出了事，花點錢也能將人贖出來，更何況，這件事你有臉往外說嗎？」

為了今天這件事，李歡很可能會苦悶一輩子，憑什麼他賀天能像個沒事的人一樣活著？她就是要讓他如同行屍走肉般活著，才算公平。

季知節說的話，江無漾自然同意。「你們都進去。」

接下來的場面只怕髒了眼，他不想讓他們瞧見。

賀媛還想說點什麼，鄭秋就拉著她進了屋，嘴裡還碎唸道：「妳若是幫他求情，就是讓歡姐兒難堪。」

聞言，賀媛便閉上嘴，跟著鄭秋進去。

季知節扶著李歡走進屋裡，李歡這才放鬆神經，眼淚止不住地落下。

等所有人都進了屋，季知節忽然出聲道：「咱們要盡快離開西平村才行。」

她腦海中浮現出石笑的身影。雖然季知節未曾知曉石笑當初到底發生了何事，可她為什麼死，自己卻明白，她擔心李歡會走上石笑的路。

「走？為什麼要走？」鄭秋不解。

季知節解釋道：「今夜咱們家發生了這麼大的事，外頭的人都睡著了嗎？不是，他們是覺得女子的清白不值得一提，若表嫂真的出了事，他們還會輕視她、怠慢她。」

在場的女人全明白季知節的意思，鄭秋點頭道：「行，那咱們明日一早收拾東西就走。」

「不行，不能等到明日，今夜就走。」季知節果斷地說道。

外頭傳來見男子淒厲的喊叫聲，為這個不安穩的夜晚增添了幾分驚悚的氣息。

賀媛仍是有點猶豫。他們離開容易，可是這樣就要拖累四娘了。

季知節剛想勸勸這個姨母，一道聲音便在她身後響起。「今夜就走。」

江無漾的語氣相當堅定，贊同季知節說的話。他見過石笑死後，村民是怎麼說她的。

聽見江無漾這麼說，賀媛嘆了口氣道：「就聽你們的吧。」

賀天被守在外面的那三人抬了回去，等眾人商議完事情回到院子裡時，他已經不見了蹤影。

牛大壯趕回家叫醒了爺爺，牛大郎聽聞季知節家有事，什麼也不問就趕了牛車過來。

他們本來就沒幾樣家當，大件的也帶不走，等在城內置辦了院子，再來拿也不遲。

一行人就這樣連夜趕往城內。

抵達城內時已是寅時末，夜與日交替之際。城門剛開，街上沒什麼人，但已有零星煙霧從煙囪裡冒了出來。

他們出來得急，只能先尋家客棧住下，總共要了四個房間。季知節怕李歡想不開，跟她同住一間；江有清帶著兩個孩子住一間；其餘兩個房間分別住著賀媛跟鄭秋、江無漾跟季暉。

即便從早忙到晚，出了事之後又連夜趕路，季知節一樣睡不著，耳邊還能聽見李歡微弱的哭泣聲。

季知節輕輕將李歡擁入懷裡，拍著她的背柔聲道：「別在意別人說什麼，長得漂亮不是妳的錯，受害者也沒錯，是那些起歹念的人有錯。」

「四娘，」聽見這些話，李歡終於忍不住了，哽咽道：「老天對我為何這般不公？」

「天道並沒有絕對的公平，一切都要靠自己爭取，只要我不信它，它又能如何？」季知節安慰著李歡。

「不信？」李歡止住了哭聲。

「嗯，我不信。」季知節說道：「當初暉哥兒在路上差點死掉，我若是信命，他就真的死了。」

季暉倒下去那次李歡知道，季知節救了他，大家都說那是第一次見人流放倒下後能活著站起來。

「還有，落戶西平村原本是無奈之舉，若是我信了命，今日我們還能進城內嗎？我不信命，我只信我自己。」

李歡說道：「其實我挺羨慕妳的，妳有本事在身，家裡如今能有這樣的光景，全都靠妳。」

「羨慕我？我倒是羨慕妳呢。」

李歡不敢相信地說：「我？」

季知節點頭道：「連我是女的都覺得妳好看得緊，我要是有妳這容貌，都要尾巴翹上天了。」

李歡被她給逗笑了，總算看開了一些。「妳也不差。」

「差不差也要看跟誰比不是？跟妳比就差挺多的。不過我現在很滿足，都說看著好看的人一久，就會長命百歲，我天天看著妳跟表哥，定能活得長長久久。妳跟大表哥的感情我們都看在眼裡，當初他排除萬難也要迎娶妳為妻，說明是真心喜歡妳的，你們還有兩個這麼可愛的孩子，這樣的感情不讓人羨慕嗎？」

聽季知節提起江無波，李歡有些傷感。

「他雖然不在了，可是妳跟他的孩子還在，他的母親、弟弟跟妹妹還在，妳也還在，他最大的心願就能了了，他最希望的，不就是你們能安安穩穩地活下去嗎？妳若是因為這點事情就想不開、信了命，那可是讓他死了都不安心。」

李歡良久沒出聲，久到季知節都以為她睡著了，她才回了一句。「我明白了。」

在她們的房間外面，一道身影一直守在那裡，直到聽見李歡的回答，才轉身離去。

睡了沒多久，季知節就被外頭刺眼的光芒給亮醒了，同時她還聽見自己的肚子響個不停。

李歡聽見這個聲音，還以為自己耳朵有問題，等到季知節從床上坐起身，嚷著要去吃東西時，她才確定是真的。

見其他人的房間沒動靜，只怕還在睡，兩人梳洗完便下了樓。

剛下樓，就見江無漾一身黑衣坐在窗邊，季暉則坐在他對面打著盹。

季知節小聲嘀咕道：「又不睡覺。」

江無漾耳朵靈敏，看著窗外的目光雖未移動，卻不自主地輕咳一聲。

季暉被這一咳給嚇了一跳，轉頭就見季知節從樓上下來，他頓時不睏了，朝她揮手道：「阿姊，這裡！」

等季知節在他身旁坐下，季暉就小臉一皺，苦哈哈地捂著肚子道：「我餓了。」

他本來就在長身體，吃得多餓得也快，忙活了一夜，餓慘了。

「怎麼不先吃點東西？」季知節不禁問道。這裡可是客棧，怎麼會沒得吃？

季暉倒是想吃，只是他沒錢，他瞧江無漾一副要當神仙的樣子，不知道怎麼開口。

最後季知節給每人點了一碗麵，再讓小二單獨給季暉跟江無漾加了顆蛋。

李歡擔心兩個女兒，加上實在沒胃口，吃了一點就上樓去了。

此刻進來吃飯的人不少，人潮來來往往的。

他們清晨進了城，選了一間最近的客棧住下，聽空房還剩不少，沒想到白天生意這麼好。

看起來是些抓緊時間早點進城的商客，在這裡吃頓便飯。

「你們聽說了沒有，大公子發了好大的火，將窯廠裡的人換了個遍。」

人一多，嘴就雜，老愛說些閒話。

「新的瓷器還沒趕製出來？」

「沒有，不然大公子怎麼會這麼生氣，聽說吳老爺已經重出江湖，可這窯廠裡能用人的只怕沒幾個了。」

「連二公子都被大公子責罰，心裡正不舒服。」

「這你也知道？」

只見那人一副包打聽的模樣。「哪能不知道，我隔壁住的就是窯廠的工人，聽說二公子連招工的告示都貼出來了，有本事的人都能去應徵，按照以往的經驗，官瓷的窯廠是隨隨便便能進的嗎？」

「可不是嘛，昨天其他窯廠好些工人都去了官瓷那邊，他們原先待的窯廠差點沒人做事呢。」

聽著人們你一言、我一語地閒聊，吃著吃著，一碗麵見了底。

吃飽了，季暉就犯睏，季知節留了些錢給他，讓他等會兒餓了可以去買吃的，又拿了點錢給小二，表明他們還要在這裡住幾日。

季知節打算出去找合適的院子，只是這事急不得，畢竟要花大錢，總得找到滿意的才行。

等季知節出了門，才發現江無漾跟在她身後，又聽他出聲問道：「去哪？」

季知節愣了一下才道：「去看院子。」

「我同妳一起去。」

兩人在城內逛了大半日，都沒看中什麼合適的院子，不是太小，就是位置太偏僻，季知節想到要出門擺攤，太遠也不行。

正午的日頭大，季知節還沒休息夠，又曬得有些頭暈，便到趙掌櫃的茶鋪上休息一會兒。

趙立德給她上了壺荔枝茶，他很少見她大中午到城裡來，甚至沒瞧見常送他們來的那輛牛車，便問道：「四娘怎麼這時候來了這裡？」

季知節喝了一口冰茶才覺得自己活了過來。「不瞞掌櫃的，我想來城裡做點生意，要買處地皮跟院子，誰知看了一圈卻都不太滿意。」

他們來過城裡幾回，但遠不如趙掌櫃對此處熟悉，季知節也是想讓他介紹一下地方。

趙立德坐在她身側的位置上問道：「要做什麼生意？」

他怕季知節誤會，緊接著道：「四娘莫擔心，只是想看看哪裡合適。」

「吃食生意，跟掌櫃的不衝突。」季知節笑道。

趙立德想了想，說道：「我還真知道一個不錯的地方。」

「就在官瓷的窯廠對面。」停頓了片刻後，趙立德繼續道。

「官瓷？」

這是季知節今天第二次聽人提起這裡了，她不禁跟江無漾對視了一眼——莫不是趙掌櫃有意為之吧？

趙掌櫃領著季知節跟江無漾去了城東，此處的人顯然比城內其他地方多，商人來往得也多一些。

「要做吃食生意，很難比得過城東，」趙立德說得一臉真誠。「只是城東的房價要貴一些，不過四娘手上的錢應當足夠。」

這也是趙掌櫃敢帶季知節到這裡的緣故，若沒足夠的錢，來了也是白搭。

來到鋪子所在地，確實是在官瓷窯廠的正對面，還是在路口上，是個繁華地段。

是個上下共三層的鋪子，裝飾頗為大氣，只是此刻門窗緊閉，教人看不出原來是做什麼的。

「這裡原是賣瓷器的鋪子，整條街上的瓷器就數他家賣得最好，只是後來店主成了親，舉家遷移到外地，這才關了店。」趙立德向季知節說明緣由。

原來如此。季知節心想，上下三層，要是能盤下來，那就能樓上住人、樓下做生意，簡直完美。

於是她問道：「可是能進去瞧瞧？」

光在外頭瞧不出什麼，能進去看看才好。

「這有什麼難的。」

季知節見趙掌櫃朝窯廠走過去，沒多久就拿著一串鑰匙出來，道：「店主原跟我是朋友，他們家的管家如今在窯廠裡工作，便將鑰匙放在那邊。」

門一打開，裡面還挺寬敞的，東西已經被清理乾淨。

季知節開始規劃大概要裝修成什麼樣子，隔個廚房出來以後，還能放得下十張桌子左右，夠大。

爬上樓瞧了一下，二樓跟三樓各有三間房間，總共六間，夠他們一家住了。

季知節很滿意這裡，問江無漾的意見。「你覺得這裡怎麼樣？」

看她的表情，江無漾就知道她認可這裡，便點頭道：「位置跟環境都不錯，只是價格可能偏貴。」

季知節點了點頭。這樣的地方不可能便宜，要是加上做廚房跟置辦家具，只怕開支超乎想像。

「掌櫃的，這裡大概要多少銀子？先說明白，太貴的我可買不起。」

趙立德伸出一根手指道：「一百兩。」

季知節嚇到了。一百兩？不好意思，她沒有！

趙立德話鋒一轉。「不過既然是四娘要，能算便宜一點，最低八十兩。」

老實說，一百兩買個三層的樓不算貴，何況位置還在城東中心。不能怪鋪子貴，只能怪自己手上的銀子不夠多。

考量到不能把錢全撒在買鋪子上，季知節道：「掌櫃的，我手上的錢確實不太夠，能不能分期付款？」

她真的挺喜歡這個地方的，既能住人跟又能做生意，實在方便。

第三十四章 新的開始

趙立德猶豫了一下，道：「八十兩已是最低價，不能再少了，我去問問看能不能分期付款，對方若是同意，四娘可是打算買下來？」

季知節頷首道：「嗯，這個地段的確不錯，要是能分期，就買下來。」

「好。」

沒多久，趙掌櫃回來了，表情不如去的時候明朗。

趙立德嘆了口氣道：「管家不同意分期，只說娘子若是想買，可以先租，等湊夠了銀子，再一次付清。」

「租？每個月多少租金？」

「二兩。」

對方知道季知節一次拿不出這麼多錢，卻不肯同意她分期，無非就是擔心她占著房子不給錢。

二兩也不少了，季知節有點擔心地說道：「若我租下來以後，一直湊不夠銀子，他們又將房子賣給其他人，我豈不是虧了裝修廚房的錢？」

「三年，管家給妳三年的時間，若是想買，在三年內買下就行，若到時還不能買下，他再將房子賣給其他人。」

「意思是說，三年內的租金都不漲？」季知節怕租金會隨生意好起來以後漲價。

算一算，三年的租金也超過七十兩了，若季知節不買，對方還能賣其他人，穩賺不賠。

「租金不漲。」趙立德說道。管家的意思是要麼租要麼買，不同意季知節分期付款又不給利息。

看過了這間鋪子，季知節再也瞧不上其他的了，隨即表示同意。「可以，煩勞掌櫃的跟管家說一聲，我先租，等籌夠了銀子再買下來，不過畢竟是長遠的生意，要立字據才行。」

過了一會兒，趙掌櫃帶著一位頭髮花白的老者過來，許伯看著季知節，問趙掌櫃。「就是這位娘子要買嗎？」

趙掌櫃頷首，附在耳邊跟許伯說了句什麼。

許伯點點頭道：「那就按說好的價，租期三年，每個月付二兩銀子，三年之內，季娘子什麼時候想買都可以。」

白紙黑字寫明白，雙方簽字、按手印，季知節預付半年的租金，拿了收據，鋪子跟住處的事就定下來了。

二樓跟三樓的房間是裝修好的，等買好家具就能直接住進去，再等一樓的廚房裝修好、買好桌椅，就能開業了。

跟江無漾商量了一下，季知節決定下午帶大夥兒過來瞧瞧，再一起去看家具。

向許伯告辭以後，兩人同趙掌櫃一起回了茶鋪。

季知節挺感激趙掌櫃的，要不是他幫忙，自己跟江無漾就算找了幾天，也未必能找到滿意的地方。

朝趙掌櫃道過謝，季知節臨走前買了壺荔枝茶，想帶回去給家裡的人嚐嚐，等下次來的時候再將茶壺給還給茶鋪。

出了茶鋪，江無漾突然出聲道：「老伯肯讓二十兩，是因為趙掌櫃說差額由孟九安出。」

他的聽力好，剛剛聽見了趙掌櫃告訴許伯的話。

「什麼？」突然聽他提起孟九安，季知節一時沒回過神來。「他為什麼要出？」

江無漾也不明白，要是說孟家有意招攬，先後幫他們兩次也夠了，為什麼還要花錢助季知節買房？

只是趙掌櫃並未向許伯說明緣由，江無漾也不明白孟九安究竟是為了什麼。

他意味深長地看了季知節一眼。難道孟九安醉翁之意不在酒？

不過季知節懶得理會孟九安是什麼意思，她反而為江無漾擔心，不知道孟家會不會挾恩要求他做些危險的事。

回到客棧，其他人都已經吃過飯，正在房間裡收拾東西，見季知節回來時臉上滿是笑意，鄭秋便問道：「找到房子了？」

住在客棧裡吃住都不便宜，知道季知節賺錢不容易，鄭秋想快點搬出去。

季知節點頭道：「我租了間鋪子，有三層，打算一樓用來做生意，二、三樓咱們自家住。」

「三層樓？」鄭秋驚訝。「可要不少銀子吧？」

「每個月二兩，鋪面加上住處的租金，這個數字還行。」

「這麼貴？妳每個月能賺到二兩嗎？」鄭秋伸出兩根手指頭，擔心道。

季知節壓下鄭秋的手，道：「母親是對我不放心？還是覺得我手藝不行？」

鄭秋沒好氣地說：「憑妳賣雞跟魚，能有二兩？」

其他人也是一臉擔憂，季知節輕笑一聲道：「誰說鋪子裡光賣這些了？我打算經營餐館，從早賣到晚，到時你們可都得給我幫忙啊！」

憑她一個人要做這生意可不成，江有清跟江無漾是能給自己打下手，不過若要經營餐館，還得招幾個手腳俐落的幫工才行。

其他人沒辦法給什麼意見，然而季知節開口要人幫忙，他們絕對義不容辭。

半晌後，鄭秋坐不住了，非要去看看季知節租的鋪子是什麼樣子，剛好季知節也想帶他們去看看，留下賀媛照顧孩子後，眾人隨季知節出了客棧。

到了地方，鄭秋瞧著眼前三層的樓，驚訝道：「二兩租的是這鋪子？」

直到季知節用鑰匙打開門，大夥兒才回過神來。

季暉聽見二樓跟三樓能住人，忙小跑著上去查看，想知道自己能不能一個人住。樓上的房間都很大，季暉很喜歡三樓，朝在樓下的季知節喊道：「阿姊，我要住在三樓！」

「行，喜歡哪間就選哪間。」

季知節讓其他人也去看看，鄭秋不上去，將季知節拉到角落問道：「租屋可立了憑據？這麼大的房子，別說漲價就漲價。」

憑據放在江無漾身上，季知節找他拿過來給鄭秋看，鄭秋才放下心來。

地方這麼大，位置又好，二兩也值了。

三樓給了季知節、季暉與江無漾，其他人在二樓。鄭秋自己一間，李歡帶著孩子一間，江有清則與賀媛一間。

季知節去錢莊取出一半的銀子，訂了幾張床跟櫃子。其他東西還能慢慢置辦，床可不能少，因為數量多，東西定在三日後交付。

想到還要在客棧住上幾天，季知節買了點菜，打算在客棧裡煮點吃的。他們大人還能吃這裡的東西，但孩子不行，江晚吃慣了季知節做的飯，挑食了。

在城裡買菜就是比村裡方便，什麼都有，等回到客棧，季知節跟小二打了聲招呼，給了兩文錢，就在廚房裡自己做起吃食。

江無漾原本要幫季知節的忙，可是他忙了一宿沒睡，季知節說什麼都不肯，讓他趕緊去休息，等能吃飯了再叫他。

兩人在廚房門口僵持了一會兒，江無漾實在拗不過她，只好上樓。

廚房裡有兩個廚娘，等江無漾上了樓，有位廚娘就笑著對季知節道：「妳這相公可真是會疼人。」

季知節解釋道：「他是我表哥。」

城內可不比村裡，人多嘴雜，不好再打著未婚夫妻的名號——雖然他們確實尚未解除婚約。

那廚娘明顯不相信，以為是季知節害羞。「瞧著你們倆，就想起我跟我那口子，我明白。」

再解釋也無用，季知節不再多說，開始做飯。她決定改善一下伙食，買了些以前沒吃過的食材，做個魚香茄子、番茄牛腩煲，還要煮排骨湯，再單獨為江晞煮點牛肉粥。

瞧廚房裡有麵粉跟牛奶，季知節想要做奶黃包，這樣餓了也有點心吃。

季知節叫來小二問道：「小哥，這些麵粉跟牛奶可以賣一點給我嗎？我想做饅頭。」

「可以。」小二點頭。「娘子要做多少？」

既然要做，就多做一些，明早還能吃。她回道：「大概兩屜吧，再買五個雞蛋。」

「那一共十文。」

季知節給了錢，趁著煮牛腩的工夫處理好麵團。

「小二，這廚房裡做的什麼吃食，這麼香？」

到了飯點上，不少客人被香味勾了進來，有的來過此處吃飯，從未聞過這香味。

問話的是這間客棧的常客唐老闆，進出城內時經常在這裡用餐。

「咱們這裡的廚娘做什麼您還不知道？這是在這住店的娘子做的，聞著是真的香。」小二解釋道。

住店的人有的嫌吃食貴，會選擇自己做，只是哪回都沒這次的聞著香。

唐老闆嚥了嚥口水，跟小二商量。「能不能請這娘子賣我一份？」

這味道實在是太香了，他看著菜單上的吃食，對那些東西都失了興致。

「這……」小二有些為難。「娘子準備的吃食不多，剛好夠他們一家吃而已。」

唐老闆擺手讓他去問。「跟她說，只要能吃上，要多少價格都成。」

這位唐老闆在萊州府有好幾間鋪子，不差什麼錢，就想吃些美味的東西。要是好吃，花大錢也值；要是不好吃，之後就不會再想著了。

蒸上奶黃包，牛腩煲剛好出鍋，湯跟粥還在煮，季知節正打算做魚香茄子，小二就走進廚房了。

還以為是誰點了吃食，廚娘剛想說話，就見小二逕自朝季知節走過去，問道：「季娘子，您這晚飯賣嗎？」

季知節懷疑自己的耳朵有問題，反問道：「賣晚飯？」

「外頭一位唐老闆聞著您這些吃食的香味，饞得厲害，您開個價，高價也可以。」

倒不是價錢多少的問題，自家還要吃呢。

「實在不好意思，今日這菜只夠家裡的人吃。」季知節拒絕道。要是知道這樣也能做生意，她就多做一點了。

小二不好為難季知節，畢竟是人家自己做的吃食，臨走前，他瞧見灶上蒸著東西，便頓住腳步問道：「季娘子，您這蒸的是什麼，數量多嗎？」

他記得季知節說要蒸兩屜，要是這東西能賣，他也好跟客人交差。

明白小二話裡的意思，季知節想了一下。奶黃包一屜有十二個，要是對方想吃，也能賣。

於是她對小二道：「倒是能賣，只是不多，原本打算留給孩子吃的。」

「得，我去問問唐老闆。這東西娘子準備怎麼賣？」

「一文錢一個吧。」季知節說道。成本總共十文錢，一文一個也可以。

小二走出去對唐老闆回道：「唐老闆，做飯的娘子實在是騰不出給您的吃食。」

「加價也不行？」

小二搖頭道：「跟她一起住店的還有長者跟孩子，騰不出量，我瞧娘子另外做了糕點，模樣精緻得很，唐老闆要不要嚐嚐？」

糕點唐老闆不愛，但又想試試這娘子的手藝，想了想，便說道：「那來兩個嚐嚐吧，再給我上碗麵。」

小二轉身進了廚房，先將熱氣蒸騰的奶黃包端出來。「娘子說這糕點要趁熱吃才好吃，您先試試。」

從外觀上瞧不出這糕點有什麼特別，鄰座的客人是常客，與唐老闆也認識，便說道：「老唐啊，這東西一個要一文錢？外面的饅頭那麼大，一文錢可以買兩個。」

唐老闆暗笑對方不識貨，沒好氣地說：「去去去，又不花你銀子。」

麵還沒上，唐老闆拿了個奶黃包在手上。這東西小巧玲瓏又軟乎乎的，一口咬下去，半個就沒了。他沒想到這裡面有餡，咬在嘴裡，有一股雞蛋跟牛奶的甜香味，特別極了。見唐老闆半天沒回過神來，鄰座的人又開口道：「你莫不是吃傻了，半晌不動，到底是好吃還是不好吃？」

唐老闆這才如夢初醒，忙將剩下的半個奶黃包送入口中，朝小二叫道：「再給我來兩個這種糕點，喔不，來四個！」

「得！」小二轉身進了廚房，沒多久就端著一碗麵跟四個奶黃包來。「娘子說這糕點叫奶黃包，是用牛奶跟雞蛋做的，裡頭是流動的餡，因而賣得比其他糕點貴一些。」

唐老闆只覺得唇齒留香，不在意價錢，給了小二十文錢後，說道：「再給我打包四個，我留著晚上吃。」

只見著唐老闆迅速將盤裡的奶黃包吃了個乾淨，才心滿意足地吃起麵來。

小二將東西打包好放在唐老闆桌上，還得了兩文賞錢。

「老唐，這玩意兒真這麼好吃？」見他一口氣討了十個，那人不禁好奇起這糕點是什麼口味。

唐老闆是走南闖北的人，什麼東西沒吃過，打包票道：「絕對好吃。」

這一聽，那人也朝小二喊道：「給我來兩個嚐嚐。」

「那我也要兩個。」

「我也是！」

一時之間，大廳裡的喊聲此起彼伏。

小二端著幾盤奶黃包出來，等他們嚐過以後還要時，他一臉為難地說：「這已經是最後一批了，還剩下四個，娘子說要留給孩子吃。」

此話一出，大廳裡到處是遺憾的嘆息。

小二不得已又進廚房道：「季娘子，妳就將這最後的幾個賣了吧，大夥兒都想嚐嚐呢。」

「真的不行，要不你讓他們明日再來，到時我再多做一點。」季知節無奈道。

江無漾許久不見季知節上樓去，又聽聞她似乎是跟誰起了爭執，便下樓查看情況。一到廚房，就見小二熱情地對他打招呼，季知節忙將四個奶黃包拿給他，讓他快些走。

「你先將這個拿給晚姐兒他們，馬上就能開飯了。」

她原本打算在樓下吃飯的，現在是不成了，一定要拿到樓上去吃，不然只怕最後的幾個奶黃包保不住。

江無漾一臉懵，但還是聽話地走了出去，這一出了廚房，就被眼尖的人瞧見，問道：「這不是還有嗎，怎麼娘子就不賣了？」

小二忙攔在江無漾身前道：「這是娘子的家人，正打算拿上去給孩子呢，娘子說了，各位客官要是想吃，明日可以再做些，要是想吃，到時再來吧。」

聽見這話，江無漾終於明白，季知節這是又賣上吃食了，看來挺受歡迎的。

小二的話一出，其他人才肯讓江無漾走，有人還對小二道：「明日一定要多做一些才得，不然這麼一點可不夠分。」

掌櫃的從外頭回來時，見大廳裡坐滿了人。他這客棧雖然說來吃飯的人多，但可沒有過這麼多人，見大家討論著不認識的糕點，他招來小二詢問情況。

小二將剛剛發生的事說了一遍，從這些人被季知節做飯的香味勾進來，到爭相買奶黃包的事，從頭說到尾。

掌櫃的眸裡精光一閃，說道：「你跟季娘子說一聲，明日做奶黃包的成本不收了，只要她多做一點幫咱們攬客就成。」

季知節已去了樓上，季暉吃了個奶黃包，覺得好吃，可他吃了一個，江晚跟江晞各一個，碗裡就只剩一個了。

瞧江晚也喜歡吃，季暉不好再拿了，只道：「阿姊這東西怎麼做得這麼少，不夠吃了。」

「喜歡吃，明日我就多做一些。」

這些奶黃包，季知節自己都還沒機會吃上一個，也不知道好不好吃，但瞧其他人都喜歡，想來味道應該跟前世做的差不多。

原本她以後想在新鋪子裡賣奶黃包的，誰知道提前被人逮著了，也是意外。

第三十五章　意外收穫

關於鋪子的經營模式，季知節打算上午賣廣式餐點，像是糕點跟粥；中午則賣一般料理。對面窯廠工人多，供應快餐是個不錯的選擇，白斬雞或鹽焗雞配上青菜跟米飯，既方便又快捷，可以一直賣到晚上。

雞仍舊打算找牛大郎訂，一隻的價格可以比在村裡貴上一文，數量也會要得多一些，反正她住在鋪子樓上，不用來回跑，時間很充裕。

「咚咚咚！」

季知節正要吃飯，門外忽然響起了一道敲門聲。「季娘子，您在嗎？」

聽見是小二的聲音，江無漾起身將門給打開，小二見到季知節在，便將剛剛收的銅錢給了她，道：「這是賣奶黃包收的錢，您點一下，看看對不對。」

季知節數了一下，見沒問題，便朝小二道了聲謝。「多謝小哥了。」

她道過了謝，可小二卻未離開，季知節不解地看著他，小二就笑了聲道：「不知娘子明日什麼時候有空？咱們掌櫃的剛剛回來，知曉了娘子的手藝，想讓娘子多做一些奶黃包，不收您工本費，賺多少錢都是娘子的，只需要娘子替咱們招攬些生意。」

季暉聽到這些話，下巴都要驚掉了。難怪奶黃包的量這麼少，原來是被賣掉了。

思索了一下後，季知節說道：「那我明日中午跟晚上都做一些吧。」

得了季知節的話，小二才從房間裡面退了出去。

「妳今日又賺錢了？」鄭秋問季知節。

季知節將銅板放在桌面上，一共二十文，除去成本，才賺了十文。「也不算多，就這些。」

江有清一臉的不可思議，一頓飯的工夫就收了二十文，她可真是越來越佩服四娘了。

季知節問季暉。「這奶黃包真的好吃嗎？要是以後賣這個，也不曉得成不成。」

「成！」季暉拍著胸脯保證道。

江晚拉著季知節的袖子，小聲地說道：「晚兒也覺得成。」

李歡輕點著她的小腦袋說道：「有妳覺得不好吃的？」

大夥兒都笑了。

總算在城內落腳，幾個人晚上都想出去逛逛。來了這些時日，季知節還沒體驗過這裡的夜晚。

也是運氣好，今夜街上難得熱鬧，聽小二說是天貺節，夜裡衙門的人會燃放煙花，還會有不少攤子在街邊賣東西。

燈籠高掛、燈火輝煌，熙熙攘攘的人群湧動，茶館跟酒樓門庭若市。

季知節許久不曾見過這麼熱鬧的夜了，街邊賣小吃的也多，大多是一種很像糍粑的東西。季知節買了些品嚐，是糯米做的，吃進嘴裡甜甜的，裡面還包著花生跟芝麻。

他們出來得早，在能瞧見煙花的地方占了個好位置。

隔得老遠，江晚瞧見了賣冰糖葫蘆的小販，她指著遠處的紅色道：「冰糖、葫蘆。」

知道她想吃，江無漾便要過去買，卻被季知節攔下來。「這裡人多，你看著他們，我去買吧。」

等季知節走過去的時候，小販手邊的冰糖葫蘆只剩下兩串，她問道：「多少錢一串？」

「兩文。」

季知節從口袋裡拿出四文錢，正想拿過冰糖葫蘆時，被人搶先拿走一串。

付了錢卻只得了一串，季知節叫住那拿走冰糖葫蘆的男子。「喂，這是我買下來的。」

沒想到男子卻是一副無所謂的表情，隨手扔給小販兩枚銅板，對著季知節挑眉道：「現在是我的了。」

小販無奈，只好將季知節的銅板還一半給她，道：「娘子，實在不好意思，不如去別處看看吧。」

季知節一路走來只看見這麼一處賣冰糖葫蘆的，要是只買一支回去，季暉可要失落了，更何況是她先付錢的，她不願意退讓。

她攔下那男子，一字一句地說道：「我說，是我先付的錢，這是我的。」

男子比她高一個頭，身上又佩著劍，一看就是富貴人家裡的侍衛，他朝她晃了晃身上的長劍，說道：「小販已經收了我的錢，我也不是從妳手上拿的，算不上是妳的。」

「你——」

「無為。」一道溫潤的聲音在季知節後方響起。

男子立刻收斂臉上的神情，朝季知節身後說道：「公子，您瞧屬下買著什麼了？」說著，他炫耀般地揮著手上的冰糖葫蘆。

季知節憤慨地轉過身去，卻在見著那男子時呆立在原地——她還沒見過這麼好看的人。

此人皮膚白皙如玉，膚質比她更細膩；輪廓柔和，眼睛明淨如湖水，清澈明亮；鼻子高挺卻不銳利；嘴角微微上揚，正散發出溫和的笑意。他的嗓音低沈，說起話來不急不躁，有一股獨特的吸引力，整個人的氣質清雋不凡。

直到聽見無為的一聲嗤笑，季知節才察覺自己失了態，只見無為已經到了那人身後。

那人詢問發生了何事，聽無為說完前因後果，便走到季知節面前來，對她說道：「既然是姑娘先買的，無為奪人所好便是不當，這串冰糖葫蘆就送給姑娘了，算是向妳賠罪。」

直到那人走了老遠，季知節還沒回過神來。

江無漾見季知節這麼久都沒回去，便朝她這邊走來，見她一副發愣的模樣，不禁問道：「怎麼了？」

季知節反應過來，輕笑了一聲道：「白得一串冰糖葫蘆。」

附近的人越來越多，江無漾聽不懂季知節的話，只好將她往占好的位置上帶回去。

路上季知節神秘兮兮地對著江無漾道：「你猜我剛剛看見什麼了？」

「什麼？」

「剛剛我瞧見了個模樣俊秀的郎君，跟你比起來簡直不相上下，他還愛吃冰糖葫蘆。」

季知節說著，絲毫沒注意到身邊的人臉色逐漸變黑。

江無漾挑眉問道：「真這麼好看？」

季知節沒發覺他話裡的異樣，重重點頭道：「好看，我還沒見過哪個男子愛吃甜，倒挺特別的。」

她甚至覺得那郎君的模樣有些熟悉，好似在哪裡見過。

江無漾一顆心堵得慌，跟大家會合時，繃著臉不發一語。

季知節將冰糖葫蘆給了江晚跟季暉，此時天邊正好燃起煙花，她抱著江晚，沒發覺江無漾的異常。

江無漾輕哼了一聲。這丫頭慣是個沒心沒肺的。

另一邊，五彩繽紛的煙花下，孟九安正焦急地找著什麼，找了許久，才見著方才那溫潤如玉的男子立在街道的角落裡欣賞煙花。

「大哥，你真是教我好找。」孟九安邊抱怨邊走到男子身邊。

無為見到孟九安，宛如瞧見敵人一般警戒，孟百京笑道：「不過是出來買點吃食，何必這麼緊張。」

孟九安見他兩手空空，不見有什麼吃食，便問道：「買什麼了？」

誰知孟百京卻不悶不吭聲，孟九安只好問無為。「你說。」

無為回答得小聲。「什麼都沒買，好不容易搶到一根冰糖葫蘆，還被大公子送人了。」

一道煙花恰好在空中爆開，孟九安不耐煩道：「大聲點。」

「冰糖葫蘆！」無為立刻大吼道。

孟九安作勢要打他。「你就一天天的慣著他吧，明知道他胃不好，還給他吃這些東西?!」

無為跳到孟百京身後，堪堪避過孟九安出手，他哭喪著臉道：「大公子救命，二公子要殺屬下！」

只見孟百京寵溺地看著兩人胡鬧，道：「好了，是我自己要吃的，怪不得無為。」

孟九安拿自家大哥沒辦法，問：「買了又不見你吃，藏哪了？」

「還沒吃上呢，就被大公子送人了。」說起這個，無為就不高興了。

孟九安哼道：「是不是你又闖禍，讓大哥替你收拾爛攤子？」

無為火速反駁道：「怎麼可能，是大公子非要送一位娘子的。」

「娘子？」孟九安敏銳地抓到了重點。

孟九安環顧四周，沒發現什麼拿冰糖葫蘆的娘子，便問孟百京。「是個什麼樣的娘子？」

他這大哥愛吃甜食，又貪冷飲，偏偏胃不好，甚少見他將吃食拱手讓人的。

孟百京毫不遮掩地笑道：「是個模樣可愛的姑娘。」

煙花燃放過半，空氣裡都是煙塵，孟九安怕孟百京傷身，催促他快些離開。「咱們先回去吧，若是以後見到這個姑娘，可得叫我出來瞧瞧。」

他將重音放在「姑娘」兩個字上。

「你管得比父親還嚴厲，不來這個地方也罷。」孟百京瞧著頭頂上正在燃放的煙花，搖了頭，打算走人。

孟九安嗤之以鼻。「父親哪管得住你啊，要是管得住，還會讓你三天兩頭生病？」

在這方面，孟百京說不過他，只道：「你要是真為我著想，就將那些瑣事處理好，我懶得到處跑。」

提起這件事，孟九安就不說話了。孟百京這次來錦城，是為了窯廠的事情，新帝下旨了，要求他們在三個月內將最好的瓷器送往宮中。

瓷器早已送了不少，只是宮裡大多不滿意，也不曉得他們哪裡有意見，只能看吳老爺能不能幫忙想想辦法了。

直到煙花燃盡，回程的路上，季知節才發現江無漾的異常。平時他雖然話少，但有問必答，不像現在，她問句話，對方只「嗯嗯」地應著。

江無漾走在最後面，比其他人慢了約兩步的距離，季知節在他身邊一臉關切道：「你這是哪裡不舒服嗎？」

說著，將手背靠在他的額頭上。

她的手微熱，而江無漾的額頭冰冰涼涼。當江無漾額上傳來一陣暖意時，他的身子微微一震，呆了一瞬，才避開了她的手。

季知節低喃道：「不燙啊……你怎麼不說話？是哪裡不對嗎？」

江無漾面色恢復平常，說了聲。「無礙。」

聽到他的回答，季知節繼續說道：「明日我們一起看看怎麼佈置鋪子吧，你在這方面有經驗，又比我懂得多，可得好好幫忙。」

江無漾應了聲好。

季知節只覺得他怪怪的，但又說不上哪裡有問題，只感到一陣彆扭。

難道是在他面前說了其他人好看？她有些懷疑。

等到快到客棧時，鄭秋在前面叫季知節過去，她路過江無漾身邊時，輕笑了一聲道：

「不過還是你最好看。」

江無漾呆立在原地，一張臉霎時從耳尖紅到了脖子，耳邊盡是她說的那句「你最好看」。

這夜季知節睡得很熟，一宿沒睡好，今日又忙裡忙外，著實累了。

幸好李歡在她開導下想明白了，打算將兩個女兒好好培養長大，以後也好面對江無波。

一夜無夢。

季知節第二日一早是被小二叫醒的，起來的時候只覺得整個人昏昏沈沈，似乎沒睡夠。

小二面露歉意，道：「季娘子，也是沒辦法，昨日那些客人來得早，嚷著要吃您做的奶黃包，這才上來打擾您休息。」

聽到小二這麼說，季知節也不好發作，表示洗把臉就下去。

到了大廳裡，才發現已經坐滿了人。喔齁，這奶黃包這麼多人想吃？

掌櫃的特地差人備了麵粉、牛奶跟雞蛋給她，小二說道：「掌櫃的特地交代，季娘子等一下給家人做吃食的材料錢也不用付了，只管做就是。」

季知節道了聲謝便做起了奶黃包，畢竟答應了人家，反悔可不好，只是人很多，要做的量也大。

她跟小二說好只做十籠，沒吃上或還要吃的，就等中午或晚上再來，她下午有事要出去一趟。

小二點頭道：「這我知曉，也跟客官們說過了，每桌最多只上四個奶黃包，多的一律不賣，畢竟咱們也要做些其他生意不是？」

一個人做這些量確實有些困難，季知節上樓將江有清叫下來，心想正好趁這時候教她，等鋪子正式開張，就能將這項工作交給她。

江有清之前見季知節做過幾次饅頭，雖然她已經學會了，卻不如季知節做得那般鬆軟、香甜可口。

得了機會，江有清學得很認真，先幫季知節做些自己會的，接著就在她的指導下將餡料做好，放進麵團裡包著，最後上屜蒸。

兩個人一起做快上許多，不一會兒十籠的量就做出來了。

蒸奶黃包只需要十分鐘左右，只是不知何時會賣完這些數量，於是季知節只蒸了五籠。她對小二道：「一半的量都好了，如果等會兒客人要得多，再將蒸上剩下的就行，時間不用長，大約半炷香就行。」

小二點了點頭，對季知節道：「多謝娘子，今日收的錢到晚上再一併給您結了。」

起床後就忙個沒完，季知節有些餓了，她不想再做其他吃食，點了幾碗麵叫小二等一下送上樓。

等麵送上樓，小二卻不肯收錢，季知節便打算等晚上收錢時將麵錢扣掉。

休息了一會兒，季知節準備跟江無漾一起出門，季暉也想跟上去，卻被鄭秋攔住了。

「你今日得跟著你表嫂唸書，少去外面玩。」

說起這個，季知節想到了牛大郎。今天還要去找他，跟他商量一下怎麼將雞送到城裡來。

廚房裡的奶黃包很快就賣完了，客人實在太多，店裡坐不下，很多人都是買了幾個奶黃包配上一碗麵打包帶走。

掌櫃的看了，笑得合不攏嘴，作夢都沒想到住店的客人能為他招攬生意。

今日劉祥貴去衙門上工的時辰稍稍有些晚，去的時候朝裡面探著腦袋。

聽說近日大公子抵達了錦城，他倒是還沒見著他的人影。都說大公子鐵面無私、手段狠毒，要是被他撞見自己遲到，這個官還不得被罷了？

劉祥貴手中拿著幾個糕點，是在家裡附近的客棧買的。他聽說這家出了個叫「奶黃包」的東西，聞起來也格外香甜，他在客棧裡吃了碗米粉，又買了幾個奶黃包，才匆忙過來。

奶黃包還沒捨得吃一口，趕得是氣喘吁吁。

劉祥貴剛進入房間內，正準備坐下，一道聲音從他身後響起。「你手上提的是什麼？」

這聲音不大，卻結結實實地嚇到了劉祥貴。他愣了一下才往後看去，見著個陌生的年輕人，身穿黑色衣裳，胸前抱著一柄長劍。

劉祥貴不認識面前這個人，卻認得那劍上的「孟」字，這不就是傳說中孟百京身邊的無為嗎？

他頓時驚得大氣都不敢喘一下。

無為走到劉祥貴身邊，指著他那打包好的奶黃包，又問了一遍。「這是什麼東西，這麼香？」

劉祥貴擦了擦冷汗，道：「這叫奶黃包，是這兩天剛出的新吃食，無為大人想要？」

無為也不客氣，回道：「我說想要，你就會送我嗎？」

劉祥貴哪敢不送，立刻將奶黃包遞給無為。

無為摸著東西，還是熱呼呼的，隨即轉身朝衙門內院走去。這下二公子總不會說大公子貪涼了吧？

第三十六章 不期而遇

季知節與江無漾一起先去尋牛大郎，剛到了城門口，就見牛大郎從車上下來，她便走過去喊了聲。「大爺。」

牛大郎抬頭一看，不正是江無漾跟季知節嗎？

季知節聽見牛車那邊有雞叫，往車裡一看，問牛大郎。「大爺今日怎麼將雞帶到城裡來賣了？」

她這一問，牛大郎倒是不好意思起來。「季娘子搬到城裡來，也不曉得生意還做不做。剩下的雞雖說不多，但確實不好處理。」

吳家宴會雖然一口氣要了一百隻雞，可原先為了供應給季知節，又養了不少，有些稍微大一點的，牛大郎就帶出來賣。

季知節點了點頭道：「我也是因為這件事才找大爺的，我在城裡盤了鋪子，打算做些吃食營生，跟在村裡一樣需要雞肉。」

牛大郎一聽便問：「季娘子可是還願意找我買雞肉？」

「那是自然，不然也不會來找您了。」季知節笑著說道。

牛大郎道：「那可真是太好了，不然這麼多雞，還真不知道要賣到什麼時候。」

「我跟表哥商量過，您從村裡拉一牛車的雞到城裡來不容易，打算從十二文一隻給您漲到十三文一隻，價格比城內其他賣雞肉的便宜一點，但您也不算太虧。」

透過季知節，牛大郎從吳家那邊賺了不少錢，如今她還提高了每隻雞的價格，他不禁有些過意不去。

「這怎麼好意思？妳這十二文一隻已經比販子收的貴了，現在每隻還要漲一文，豈不是讓妳的成本增加嗎？」能按照原來的價格賣掉，牛大郎就很滿意了。

季知節搖頭道：「這也是想讓生意長久，從村裡拉到城內確實遠了一點，還要將雞肉處理過，十三文正好。」

處理雞肉不是什麼難事，只是這時候天氣熱，處理好了再送過來，怕是會有味道。

牛大郎想了想，說道：「季娘子這新鋪子裡可有位置？天氣熱，處理好的雞拉到城內來，怕是不新鮮，若是鋪子裡的位置夠，就讓我們在那邊處理。」

季知節覺得牛大郎說得有理，她想了想，說道：「行，鋪子裡有個院子，可以在那邊殺雞。」

「好，那我便每日帶大壯一起過來。」

聽他提起牛大壯，季知節問道：「他的傷可好點了？」

牛大壯這孩子簡直是他們家的福星，次次都幫了他們大忙。

只見牛大郎嘆了口氣道：「這孩子在村裡原本就沒什麼朋友，現在季暉也走了，他就老是在家裡悶著，不願意出門，若是知道以後會帶他到城裡來，只怕高興壞了。」

季知節想了想，說道：「既然以後會將大壯帶到城裡，不如將他唸書用的東西一併帶來吧，暉哥兒也著實念他得緊，以後白日殺雞，傍晚您回村裡時再將他接走就好，剛好能陪暉哥兒一起讀書。」

「娘子的表嫂打算繼續教大壯讀書？」牛大郎有些驚訝。

「這是自然，讀書豈有半途而廢的道理。」

「那可真是太謝謝娘子了！」

「怎麼會呢，應該是我們要謝謝您才對，如果不是大壯，咱們家現在不知道成了什麼樣子。」

季知節要走之前對牛大郎說道：「等以後搬進新家，還要麻煩大爺將我們以前的東西給拉過來。」

這不是什麼大事，牛大郎連連點頭答應。

告別了牛大郎，季知節就帶著江無漾去尋了幾家鋪子，想做個牌匾，等開業那日掛上去。然而看了幾家，價格都有點貴，她怎麼都沒想到一個牌匾就要收六兩銀子。

這還是普通的款式，若要有點設計感的，得花上二、三十兩。

光是牌匾都要這個價位，季知節沒心思看其他東西了。「牌匾就這麼貴，街上的鋪子怎麼做得起招牌呀？」

還不如隨便在木牌上寫幾個字掛上去得了，李歡寫字好看，季知節已經想好要讓她寫什麼了。

季知節正跟江無漾坐在茶鋪內，雖不是趙掌櫃那家，但一樣掛著孟家的旗幟，也能喝上自己的方子煮出來的茶水。

江無漾給她倒了一杯，說道：「匾額本身不貴，是貴在人工，再加上妳要得急，價格自然會往上漲。」

季知節喝了一口茶水道：「既然你的手藝這麼厲害，不如咱們現在轉行做牌匾生意得了，賺得可比賣吃食快上許多。」

聽到這話，江無漾心念一動。由他來做倒是可行，他點了點頭道：「等會兒再去問問，若是自己動手做，木牌的價格是多少。」

季知節本來只是抱怨，沒想到江無漾真的打算自己做，她連忙擺手道：「我不是這個意思，只是隨口說說。」

江無漾說道：「若是能因為這樣省錢，那也沒什麼不好的，既然有這個能力，就試一試。」

季知節小聲道：「試什麼試呀，你連在玉上都能刻……」

江無漾刻玉的本事連錢莊的錢掌櫃都誇讚，牌匾對他來講肯定是小菜一碟。罷了，既然能省錢，讓他刻一個也值得。

兩人商議好以後就去木材鋪子詢問，店家聽他們要自己刻，便只收一兩銀子的木牌錢。稍微刻不好，一塊木牌就壞了，店家只道若是刻不好，他們一概不負責，說著又跟江無漾約定，每天下午到傍晚之間都能去刻。

距離約定的時間還有一會兒，兩人又去其他的鋪子看看，約了工匠、選好材料，明日就能開始裝修廚房了。

又訂了幾張桌子跟椅子，季知節身上的錢就花得差不多了。錢可真是不經用，好不容易掙來的財產，一下子就縮水了一大半。

季知節在想是不是該賣個方子給孟九安，考慮了一下後還是作罷，省得以後自己沒得用。她現在也是有鋪子的人，跟孟九安某種程度上算是競爭關係，要少往來才是。

眼下到了正午，季知節又要去客棧裡做奶黃包。

小二已經在門口等她了，見到她，格外親切地打招呼。「娘子，您終於回來了，我可是等您好久了！」

季知節讓江無漾上樓將江有清叫下來，他朝大廳內看了一眼，人還是不少。

江無漾點了點頭，朝樓上走去，沒留意到在大廳的角落裡，坐著一位模樣雋朗的男子。

季知節正向廚房走去，結果與正想從廚房出來的無為撞了個正著，兩人看向對方，同時開口。

「又是你！」

「又是妳——」

無為今日拿了劉祥貴的奶黃包去給大公子，大公子平常東西吃得很少，沒想到卻將那奶黃包全吃完了，連孟九安都驚訝不已，忙問他從哪裡得來這東西。

從劉祥貴那邊得知是這從這間客棧買的以後，無為問大公子是不是還想吃，一得到肯定的答案，他乾脆拉著大公子過來一趟，想看看這裡是否還有其他美食。

然而無為在客棧裡瞧了一圈，沒見著什麼特別的，其他人吃的麵，精緻程度跟奶黃包比起來也是天差地別，他甚至覺得劉祥貴騙了他，要不是聽見大廳裡的人都在等奶黃包，他都要拉著大公子走掉了。

只是沒想到在這裡見到了昨夜跟他搶冰糖葫蘆的姑娘，無為輕輕「嘖」了一聲——二公子不在，倒是可惜了。

季知節朝大廳一看，果然瞧見了那個好看的男子，她仔細端詳了一下，發現他與孟九安有幾分神似，不禁暗道：難道他就是那個讓所有人都懼怕的大公子？

大夥兒都說大公子鐵面無私、不留情面、手段毒辣，是個狠戾的人，她一直以為是個清冷的人，沒想到竟然愛吃甜食。

季知節問無為。「你是來買奶黃包的嗎？」

「妳知道？」無為反問。

季知節輕笑一聲道：「你們家公子瞧著很愛吃甜食。」

無為見她的目光往大公子的方向飄去，便用身子擋住她的視線道：「關妳什麼事？總不能要我家公子什麼都送妳吧？」

季知節聽到這話，心想這人無非是記仇了。她輕笑一聲，轉身進了廚房。

不一會兒，江有清從樓上下來，見無為站在廚房門口盯著，一動也不動的，便小聲問季知節。「這人是誰啊，怎麼一直站在門口，什麼情況？」

他胸前還抱著一把劍，怪讓人害怕的。

季知節嗤笑道：「他這是怕我下毒。」

直到聽見這句話，無為才反應過來東西是季知節做的，他輕咳了一聲，走回孟百京身邊。

見無為回來，孟百京便低聲問道：「可發現什麼好吃的？」

無為猛地搖頭說：「沒有沒有，什麼都沒發現，廚房正在做奶黃包，等一下就能吃到了。」

孟百京手上拿著一本書，聽見能吃上，就乾脆坐在這裡等。

不一會兒，一陣香味飄進大廳，孟百京一聞，的確是那奶黃包的味道，他還沒吃過如此精緻的糕點，最近品嚐過的東西中，也就品香閣那酥皮月餅比得上。

照例是十籠的量，不過季知節單獨做了另一種口味的包子——她加了些豆沙進去。

無為心想多買幾個，等大公子想吃的時候，熱一熱便吃得上，然而小二卻怎麼都不肯多賣，說一張桌上只能放四個，想吃便等晚上再來。

這讓無為不禁生起了悶氣。其他東西，大公子哪吃得下？

孟百京倒是一點也不惱，學別人點了一碗麵跟四個奶黃包。

不一會兒，兩樣東西一起上來了，孟百京將奶黃包往無為面前推了一下，問道：「你可要吃？」

無為知道東西是季知節做的，他從劉祥貴那邊拿過，不過卻一個也沒吃上，挺想嚐嚐是什麼滋味的，於是他伸手拿了一個，放在嘴裡咬了一口——唇齒留香，確實好吃。

孟百京沒動那碗麵，只將剩下的奶黃包都吃完。他腸胃不好，一次能吃的量不多，這些東西吃下肚，剛好飽了。

食物不能浪費，孟百京差無為將剩食打包回去給孟九安，反正他不挑食，有得吃就行。

無為正在猶豫是要將季知節是廚子的事告訴他，還是將季知節給打暈帶走，憑這手藝，她要是能給大公子當廚子也不錯。

「無為……無為！」

孟百京叫了兩遍，無為這才發現大公子在叫自己。

無為正想開口說話，卻被小二的聲音給打斷。「這位公子，咱們娘子特地給您單獨做了一些吃食，想送給您。」
小二端著六個豆沙包過來。
無為驚訝地大聲道：「她這是什麼意思?!」
他反應這麼大的原因，就是怕季知節看上了他們家大公子。
小二笑笑地說道：「咱們娘子說算是還了大公子昨夜冰糖葫蘆的人情。」
剩下的豆沙包，季知節全拿到樓上。她也想將豆沙包放在新鋪子裡面賣，打算先給他們試試口味。
沒什麼時間做飯了，季知節隨便在客棧裡點了幾個炒菜，等晚上回來的時候，她再買菜自己做。
見江晚挺喜歡吃這豆沙包，季知節心想，也是，孩子們總是喜歡吃甜食……
她忽然想起大公子。那男人一副謫仙的模樣，卻沒想到他跟孩子一樣喜歡吃甜的。
吃過午飯，江無漾沒耽擱，就要去木材鋪子刻牌匾。
季知節跟他一同前往，畢竟自己對他怎麼刻牌匾可是很好奇呢。
另一頭，孟百京與無為剛要進衙門，就見孟九安從大門出來，雙方碰了個正著。
無為一看見他，就將手裡的東西朝他扔去，孟九安不知道那是什麼，下意識地接過來，到手一看，是打包好的麵。

這個流程孟九安清楚得很。得，吃不了的東西就給他，合著他就只能吃剩下的。

無為立刻指了指身邊的孟百京道：「大公子說要留給您，因為您不挑食，什麼都吃。」

生怕二公子對無辜的人下手，無為將責任全推給大公子，他知道二公子拿大公子沒辦法。

孟九安看了看他這位兄長，無為都這麼說了，他的表情卻完全沒變，真叫一個修養良好，可有如神仙的他手上提著一個油紙包，感覺很不搭。

湊過去聞了聞，孟九安發現跟剛剛在衙門聞到的味道似乎不同，只是依舊甜膩得很，於是道：「總想著將吃剩的給我，怎的不將你手上的也分我幾個，好讓我嚐嚐，若是好吃，就將那廚子給你挖來。」

孟百京一聽，卻是搖搖頭道：「她，你挖不來。」

無為撇了撇嘴，小聲道：「您難道連這個都能料到？」

孟百京淡淡一笑，對無為道：「她明明已經知道了我的身分，卻非要裝作不知，你說這是為何？不就是不想與咱們扯上關係嗎？」

她知道了大公子的身分？無為張大了嘴，一臉的不可思議。「怎麼可能?!」

他瞧季知節一副什麼都不知道的樣子呢！

孟九安聽得雲裡霧裡，不明白他們主僕倆在說什麼，孟百京將手裡的糕點交給他，說道：「你可認識什麼擅長做吃食的人，或許她這是借花獻佛。」

打開手上的油紙包，甜味更加撲鼻了，這個味道，他好像在哪裡聞過。

轉念一想，做吃食厲害的，不就只有一個人嗎？

「季知節？」孟九安有些猶豫地說道。

這個名字一出，無為就在旁邊瘋狂點頭說：「對對對，就是她，屬下聽小二叫她季娘子。」

那就是季知節無疑了。大哥說得對，季知節他真的挖不來。

孟九安順手拿了一個豆沙包放進嘴裡，好吃是好吃，就是甜了點，但是……

孟百京見孟九安吃掉一個豆沙包時，挑了挑眉，就在孟九安正準備拿第二個時，他便朝無為使了個眼色。

無為火速從孟九安手中將豆沙包搶了回來，忍不住道：「這是給您吃的嗎？吃您的麵去！」

孟九安撇嘴道：「不就是個包子嗎，等我遇上季姑娘時，讓她給你做就是了，至於護得這麼緊？」

他越說，無為抓得越緊。「那怎麼能一樣，這包子可是屬下昨晚花錢買的。」

孟九安聽不懂無為的意思，這豆沙包不是現在拿回來的嗎，什麼時候昨晚花錢買了？

無為看懂了他的表情，解釋道：「昨晚屬下的冰糖葫蘆是花錢買的。」

孟九安挑眉道：「昨晚的冰糖葫蘆姑娘也是她？」

「是。」無為重重點頭。

孟九安倒吸一口冷氣，將無為拉到一旁道：「你可得將大哥給我好好盯緊了，季知節可是跟江無漾有婚約的人，絕不能跟她扯上什麼關係！」

無為不知道為什麼孟九安這麼提防季知節，但只要是對大公子好的事，他一定會聽。

反倒是孟百京聽見他說的話，輕輕咳了一聲。這是在胡說八道些什麼呢？

孟九安還有事要做，得出門一趟，他交代了無為幾句，就將手裡的麵條扔了回去，道：

「這東西你還是自己留著吃吧！」

第三十七章　失之我命

季知節見江無漾跟著木工老師傅學得認真，她卻還聽得一頭霧水，不免感嘆天賦這東西實在奧妙。她對做菜毫無障礙，對這種手工藝卻一點辦法都沒有。

老師傅指點個兩下，江無漾就上手了，他下刀果敢，就連老師傅都誇讚他是個好苗子。果然，優秀的人到哪裡都一樣，不管是刻玉還是刻牌匾，都是被誇讚的分。

季知節為鋪子取名為「知食記」，這跟她在現代擁有的餐廳名一樣，算是延續自己的夢想。

字是江無漾寫的。李歡也寫了一幅，只是她的字跡清秀，老師傅說上了牌匾會顯得小家子氣，不如蒼勁有力的好看。

既然老師傅都這麼說了，那就只能讓江無漾上了，他在紙上寫了一下，老師傅連連點頭道：「這字不錯，刻上去定然氣勢磅礴。」

當下季知節就決定用江無漾的字。不得不說，他寫字也很出色。

季知節坐在一旁，無聊地看著江無漾刻字，刻牌匾是大工程，沒個三、五天出不來。

見季知節著實睏得厲害，江無漾走到她身邊說道：「不用等我了，妳先去休息吧，時間到了我自己會回去。」

也好，她先去買食材，晚一點就能做飯，他一回來就有東西吃了。

季知節點了點頭道：「行，那我先回去了。」

江無漾看著她的身影在街邊慢慢消失，才回到鋪子裡，老師傅不禁打趣道：「果然是年輕人，連分別都這般依依不捨。」

江無漾的臉霎時紅了。

老師傅又問道：「你們兩人還未成親吧？」

江無漾搖了搖頭，想說點什麼，最後卻是什麼都沒說出口。

「這姑娘瞧著不錯，你可得抓緊啊，不然小心被別人給搶走了。」

江無漾輕聲應了一句，算是回答，接著重新拿起傢伙幹活。

若是季知節真的有中意人，他也只能成全。

那半塊玉珮還收在江無漾懷裡。原本打算在季知節離開西平村時還給她，可沒想到自己竟然陰錯陽差地跟她一起出來。

江無漾猶豫著是不是還要像當初想的那樣，將這玉珮還給她，可他心裡其實不想還，也不想跟她斷了個乾淨。

季知節在回程的路上購買食材，見市場裡有賣魚的，就想著今晚回去做道鯽魚湯。

瞧老闆桶裡的魚不少，甚至還跟江無漾當初抓的魚一樣，季知節便問道：「老闆，您這魚怎麼賣呀？」

「一文錢一斤。」

這麼貴？當初江無漾賣力在夜裡捕魚，賣到的價錢遠不如這個價，看來離開了西平村，物價可不一般。

季知節跟老闆商量道：「我若是日日向您訂魚，您能否拿出規格一致的給我？」她還是挺喜歡做魚料理的，既方便又迅速，鋪子裡能賣的數量不多，卻能給客戶多一點選擇。

賣魚的老闆一聽，便說道：「其他魚我不多，但是這種魚我家裡多得很，娘子打算要幾條？」

他拿出來擺的量有限，要是這娘子要得多，可以跟他回家去拿。

季知節解釋道：「今日我只打算買一條鯽魚，不過我要在城中開一家餐館，想賣魚料理，每日大約需要三十條，若是您供應得來，我就從您這裡買。」

「三十條？」老闆不敢相信。三十條？每日都要？

「是。」季知節答道。

「眼下是有，若是日日供應，則有些困難。不過若是娘子存心想要，也不是沒辦法。」

聽見老闆的回答，季知節就知道他肯定有法子，又道：「只是我要得多了，您給的價格就要比現在便宜一些。」

老闆點頭道：「這是自然，娘子要什麼價格？」

「兩斤一文錢。」季知節大刀一砍。

「娘子，您這給得也太少了點。」

季知節笑了笑，道：「也不算少了，我的量要得多，若是以後賣得好，每日就不只要三十條了。若是您覺得可以，咱們馬上就能立字據；若是認為價格太低，我便再去其他地方瞧瞧，總會有人接的。」

見老闆悶不吭聲，季知節抬腿就離開，才沒走兩步，老闆便從她背後出聲道：「兩斤一文錢就兩斤一文錢吧。先說好，每日要有娘子說的量才有這個價格，若是以後沒這個量，價格還是要漲起來的。」

季知節點點頭道：「當然，不過有些事可要先說明白，每日送來的魚要處理好的，而且當天的魚當天處理，若是食材不合格，錢我不會結。」

「沒問題，做買賣的都懂這些。」老闆答應得痛快。

季知節跟老闆約定好了，三日後帶著合同，去窯廠對面的知食記簽字畫押。

買了些其他食材後，季知節才返回客棧。時辰還早，大廳裡沒什麼人在，將食材放進廚房後，跟小二說了一聲，她才上了樓。

見著李歡正帶著孩子午睡，季知節便去了江有清的房間。原本江有清帶著江晚跟江晞一起睡，但李歡想開了以後，便讓孩子跟她待一個房間，季知節則去江有清那邊跟她擠。

江有清見她一副無精打采的樣子，趕忙讓她先休息。

季知節笑著道：「果然是我們家清妹妹對我最好。」

江有清忍不住笑了一聲，道：「對妳最好的不是六哥嗎？」

這就教季知節不知道怎麼回答了，她躺在床上道：「是是是，你們都對我最好，所以我的好妹妹，今晚能替我去做奶黃包嗎？」

「原來在這等著我呢，行吧，看在妳勞苦功高的分上，今晚我幫妳，不過我要是做得不好，可千萬別嫌我砸了妳的招牌。」江有清笑道。

「怎麼會，妳如今的手藝與我不相上下。」季知節朝裡面翻了個身，話音一落，閉上眼就睡著了。

知道她是真累，江有清也於心不忍，等時辰差不多了，便起身到了樓下。

江有清跟小二打了聲招呼，表示今晚的奶黃包由她一個人做。小二見過她跟季知節一起做，也曉得她會，自然沒意見。

小二對江有清說道：「季娘子還買了食材回來，娘子可要一併做了？」說著指了指她身邊的食材。

江有清瞧了瞧，都是平時見過的，還有一條鯽魚，便點點頭道：「嗯，等下一併做了，有勞小哥。」

跟著季知節的時間長了，江有清也沒以往那般拘束。

「這有什麼，是我們麻煩兩位娘子了。」外頭有客人在喊人，小二轉身又去了大廳裡忙碌。

江有清是第一次自己單獨做奶黃包，卻毫不擔心與害怕，按照步驟做得有條不紊。

孟九安從窯廠出來以後，又到各處巡視鋪子，行程告一段落時，正好到了飯點。他進了自家開的酒樓，打算帶些吃食回去，畢竟大哥待在這裡，吃食上總歸要精細些。

等候料理烹煮的時間，孟九安聽人談論起了奶黃包。「那種包子我還是頭一回見到，吃起來滿是奶香，一口下去還會爆漿呢！」

有人沒吃過，不免驚嘆道：「這麼神奇？」

「是啊，剛開始我也不信一個包子能有什麼好吃的，今早特地去試了一下，還別說，真的好吃。」

聽他這麼說，又有人好奇地問道：「在哪啊？我也去買點來嚐嚐。」

「就城北的那什麼東客棧裡頭，忘了具體什麼叫名字，飯點的時候去就能聞見香味，你自然就知道位置了。」

那人一聽，頓時不想在這酒樓吃飯了，說自己一定要去嚐嚐這奶黃包。

原先那人繼續說道：「就是客棧規定一人只能買四個，還要配上其他吃食，不然我定要餐餐去買上幾個。」

想嚐鮮的那人點點頭，轉身就朝外走去。

連等在一旁的酒樓小二對這種情況都習慣了。吃食這方面，向來是孟家的生意做得好，這兩日不知怎的颳起奶黃包的旋風，從酒樓裡走掉的人都不知道多少了。

孟九安問小二。「這奶黃包是從什麼時候開始賣的？」

小二想了想，回道：「昨晚吧，那時就有人提過了，只是沒有今日提的多。」

孟九安點點頭，他聽趙掌櫃提過季知節想開間餐館賣吃食，這可是打算跟他對著幹了。

小二忍不住抱怨道：「二公子，您瞧瞧，酒樓裡的生意著實有些慘澹，可得想想法子才是。」

「知道了。」看來他得去見見季知節才行。

江有清在廚房裡忙得團團轉，江無漾從外頭回來的時候，先去廚房看一看，卻只見到江有清一人，頓時愣了一下。

見著他這副模樣，江有清笑道：「四娘睡著了，我下來替她做。」

江無漾點點頭，轉身就上了樓去，看著他的背影，江有清無聲地搖搖頭。

她看得出來六哥是喜歡四娘的，但是四娘的心意目前她拿不準。

要說以前，四娘的確很喜歡六哥，有眼睛的人都看得出來。現在他們兩個人雖然經常待在一塊兒，四娘卻不如過去喜歡六哥了。

不過感情這種事說不一定，就像以前她怎麼也不相信六哥會喜歡四娘那樣。她相信若是六哥能放下前塵往事，他跟四娘還是能好好走下去的。

江無漾上了樓，在江有清的房間裡找到了季知節，她貌似睡得很沈，絲毫沒察覺房間裡多出了一個人，可仔細一看，她臉上透出了不自然的潮紅。

見狀，江無漾眉頭微蹙，冰涼的掌心覆在她的額頭上，只覺得手心燙得厲害。

季知節其實睡得並不安穩，她察覺到身體一會兒發冷一會兒發熱的，知道自己應當是生病了，只是眼皮子卻怎麼都睜不開，渾身發軟，動彈不得。

忽然間，一抹冰涼落在額頭上，驅散了她身體的熱氣，她又深沈地睡了過去。

江有清剛剛才看江無漾上了樓，就見他立刻下來，她剛想說話，卻見他頭也不回地快速離開。

手上的事情多，江有清沒空多想，她先做了些奶黃包上屜蒸，然後再做剩下的量。

孟九安來到城北，沒走幾步，果然聞到一股甜香味，他輕笑了一聲，這的確是他大哥喜歡的味道。

既然人都已經到了這裡，不如直接找季知節要幾個奶黃包回去。

跟著香味與人潮，孟九安很快就找到那家客棧，大廳裡已經坐滿，小二正在來回穿梭。

孟九安逕自走向廚房，掀開簾子便道：「季姑娘這手藝——」

當他看清待在裡面的人時，猛然收住了話。

看著門外的人，江有清也是一愣，沒想到會在這種情況下見到孟九安。

孟九安率先回過了神來，他朝裡面看了一眼，沒見著季知節，便問江有清。「怎麼是妳一個人在這裡？」

「喔，四娘有些累了，在上面休息呢。」江有清解釋道。她跟孟九安也就見過兩次面而已，而且每次都是在自己落魄的時候，根本沒與他說過什麼話。

「這些都是妳自己做的？」孟九安指著江有清身邊的那些吃食道。不只有奶黃包，還有些飯菜。

江有清點頭道：「四娘教過我，我會做一些，只是做得沒她好。」

孟九安算是江有清的大恩人，在他面前說這些，讓她多少有些侷促，臉蛋不由自主地紅了起來。

原是打算找季知節談談的，可她不方便也沒辦法，孟九安輕笑了一聲，道：「我倒是還沒吃過江姑娘做的吃食，挺想嚐嚐妳的手藝。」

江有清正想說些請他不要抱有期待的話，剛好見到小二走了過來。

見有人擋在廚房門口，又是眼生的客人，小二便對孟九安說道：「這位客官，您要是想找吃的，就去外頭等著吧，有位置呢。」

這番話打斷了江有清的思緒，思索了一下後，她笑著對孟九安道：「成，你可得看看我趕得上四娘幾成。」

離開廚房，孟九安坐在角落裡靠窗的位置上，小二瞧他跟江有清認識的樣子，也不好讓他點客棧裡的其他吃食。

孟九安那張臉生得好，眉目英朗、黑眸深邃，此刻他的視線投向窗外，江有清碰巧朝外面看了一眼，正好瞧見他的側顏跟高挺的鼻梁。

他不說話時，看起來倒是穩重得很，只是骨子裡透著一股張揚，偶爾笑起來，更是讓人覺得全世界都被點亮了。

若換成是從前，江有清定會被這樣的男子吸引，那般鶴立雞群跟悠然自在，自然而然成為眾人眼中的焦點。可現在的她呢？落魄的鳳凰，連野雞都不如，怎麼能奢求這般優秀的人會注意到她？

江有清自嘲般地笑了聲，隨即迅速地搖頭，將這些想法從腦海中甩掉。如今能將日子過好就不錯了，想這些做什麼。

不一會兒，蒸好的包子被送了出來，江有清單獨為孟九安做了一些，一半是奶黃包，一半是豆沙包，讓小二送出去。她沒親自拿給孟九安，而是專心處理手邊的工作。

整整十個包子，小二打包成兩袋提了出去，其他人桌上都只有四個，孟九安卻有這麼多，惹得周圍的人紅了眼，有人不滿道：「不是說一桌只能有四個，怎麼他就這麼多？」

「能一樣嗎，這位可是裡頭廚子的朋友。」小二說道。

朋友？孟九安默默朝廚房裡看了一眼，他們算是朋友嗎？

聽見這話，大夥兒就閉上了嘴，只是心裡多少不愉快。

孟九安接過袋子，正打算掏錢，小二忙道：「娘子說不用您付錢，算是送您的禮物。」

聞言，孟九安爽朗一笑道：「好，那就多謝我這位朋友了。」

傍晚的炊煙裊裊升騰，緩緩飄蕩在空中。

孟九安回到衙門的時候，剛好要開飯，是從外頭打包回來的吃食再加上衙門廚房熬製的湯。

將袋子往桌上一放，孟九安洗了手就準備吃飯。

無為聞到有香味從袋子裡飄了出來，卻遲遲不見孟九安將袋子打開，忍不住問道：「這裡面裝的是什麼？」

其實他能從袋子認出是什麼東西，可瞧數量這麼多，又有些不確定。

孟九安不打算回答他，沒好氣地說道：「專心吃你的飯吧，別問這麼多。」

無為從小就跟在孟百京身邊，隨他們兩人一起長大，雖說是主僕，但感情卻似兄弟，除了有外人在的時候，一般都是在一張桌子上吃飯。

聽到孟九安這麼說，無為小聲道：「怎麼越來越小氣了，就幾個包子嘛，誰稀罕。」

嘴上這麼說，無為的手卻飛快朝袋子抓過去，孟九安眼明手快地用力拍開他的魔爪，順利護住袋子。

無為吃痛，眉頭皺了起來。

「想吃就自己去買，你們吃的時候怎麼沒想過要分我啊，光會用麵打發我。」

第三十八章　開業前夕

無為看了正在吃飯的孟百京一眼，道：「您後來不是吃上了嗎？」

孟九安挑眉，一副「我就不給，你能拿我怎麼辦」的架勢。

無為馬上對孟百京賣慘。「大公子，您管管二公子吧，他有好吃的，都不拿出來。」

只見孟百京專注地吃著碗裡的飯，沒說話。

孟九安嗤笑一聲道：「這是我朋友送的，等下次遇上，再買點回來給你。」

什麼朋友啊，無為一臉的不相信。

孟九安的重點在「朋友」兩個字上，孟百京朝他看了一眼，淡淡對他們道：「專心吃飯。」

兩人這才不再打鬧，乖乖地吃飯。

見江無漾買了藥回來，江有清這才曉得季知節生病了。

季知節需要好好休息一番，不方便挪動，江有清便去李歡的房間暫住。

江無漾找小二借藥壺為季知節熬藥，江有清做完飯，想幫他的忙，江無漾卻搖頭道：

「妳做飯也是辛苦，我自己來吧。」

見他不肯假手他人的模樣，江有清只好作罷。

夜深人靜，季知節醒來的時候，房間裡只剩下一盞搖晃的油燈，她身上出了汗，背後此刻是濕的，整個人像在水中浸過。

摸了摸自己的額頭，已經不燙了。

剛才在睡夢中，模模糊糊間只覺得一直有人在照顧她，奈何她睜不開眼，沒瞧見是誰，聞著那人身上的味道，便感到安心。

繼續躺了一會兒，季知節實在受不了身上黏糊糊的，打算起來洗個澡再換被子，人會舒服些。

一起身，就見著一個人正坐在桌前打盹，那人身材高大，此刻正背對著自己，沒料到有這種情況，季知節著實嚇了一跳。

仔細看了一下，是江無漾。

季知節下床走到他身邊，只見他單手支撐在額頭上，閉著雙眼，不知道是睡著了，還是在閉目養神。

他還穿著白日那身衣裳，夜風透過半開的窗戶吹了進來，燈火搖晃得厲害。

季知節找了條輕薄的毯子蓋在江無漾身上，不料他睡得淺，竟是將他吵醒了。

江無漾許久未曾睡得這麼沉，睜開眼時雙眸迷濛，瞧見季知節的那一刻，他的目光流露出一股柔情。

只見江無漾伸出手探了季知節的額頭一下，確認她沒再發熱後，才出聲問道：「怎麼起來了？」

「睡得久了，眼下睡不著。」季知節不好意思跟他說自己想洗個澡。

「餓了嗎，樓下還備著吃食，要不要給妳拿來？」

從她躺下休息開始就什麼都沒吃，過了這麼些時辰，江無漾有些擔心。

季知節搖頭，她倒是不餓。

江無漾見季知節站著，將她扶回床上躺下，問道：「那妳想做什麼？」

「……想洗澡。」季知節支支吾吾半天才開口。

熱氣瀰漫整個房間，江無漾離開前貼心地將窗戶關上，季知節將整個人浸入水中，直到溫熱的水沒過頭頂，才從水中出來。

想起剛才江無漾聽到她要洗澡時的一幕，季知節輕笑了一聲。她清楚地記得江無漾的臉紅得跟煮熟的蝦子一樣，還有倉皇出門時那慌亂的腳步。

雖然在西平村時同住一個屋簷下，每日的洗澡水也幾乎都是江無漾燒的，然而不知為何，方才說出那番話來時，讓人覺得有些曖昧。

泡在溫度適宜的水裡，整個人舒服了不少，等候燒水的工夫，江無漾甚至替她換了床單跟被子，讓季知節不禁感嘆，有他在，感覺挺不錯的。

季知節這一病，花了整整三日才好，那日整個人浸到水裡洗頭，終究是受了寒，第二日起又反反覆覆發熱。

除了江無漾下午要去刻牌匾不在客棧裡，由鄭秋負責照顧季知節以外，其他時候，只要他在，都由他守著她。

有時季知節睡著睡著醒過來，就會見到江無漾坐在桌邊的身影，讓他去睡也不肯聽，非要守著。

季知節康復那日，新家具正好做完，禁不住她要求去新鋪子看看，江無漾只好陪她一起去。

江無漾守了季知節幾天，眼下的烏青又加重了些。這也難怪，白天要刻牌匾，晚上還要照顧她，倒是讓季知節心裡過意不去。

兩人一同去了新鋪子，季知節讓人將家具放進二、三樓的房間裡，雖然不用親自動手，但指揮下來還是出了一身的汗。

江無漾待在一樓看工人裝修，指點還需要改進的地方，季知節這兩日沒來，都是江無漾盯著的。

等家具擺好後，季知節將窗戶打開來通風，才下樓到了廚房外，就聽見江無漾跟人起了爭執。

「我說你這郎君怎麼聽不懂呢，這廚房怎麼引水進來？我給城裡的鋪子裝過許多回，大夥兒都是靠自己打水的。」

季知節聽出說話的人是工頭，又看了江無漾一眼，只見他面色如常，彷彿是在說一件稀鬆平常的事情。

「能做。」江無漾說得很肯定。

他知道廚房引水是季知節很頭疼的問題，食材需要清洗，做菜時也需要水，一直打水會很麻煩。

工頭不耐煩地說道：「不成，水從哪裡來，又從哪裡流出去，全是問題，不是打個洞就能搞定的。」

季知節的視線在廚房環顧一圈——框架做好了，是按照她說的洗菜區、切菜區跟炒菜區分布的，灶臺也砌好，就差將東西擺上去了，現在還沒完成的，就是洗菜區了。

聽江無漾的意思，是要將井水引進廚房裡，她正好奇該怎麼做，他就說自己有法子。

「可以在院子下方造一個蓄水池，將井水引出來。」江無漾解釋道。

他要造蓄水池的位置是全院子最低處，再弄個排水孔，就能將院子裡的積水排出去。

這話他不止一次跟工頭說過，可工頭卻無法理解他的意思。

季知節想了想，江無漾說的位置大約是在井下方，她走過去說道：「可蓄水池在低處，要怎麼引進廚房裡？」

工頭見季知節也是一副難以理解的模樣，就道：「看吧，不是只有我一人說不行。」

江無漾看著季知節說道：「可以用水車將水引到高處。」

水車能將水引到高處的竹子裡面，再流進廚房內。

季知節點頭道：「可行。」

工頭經手過不少工程，終於明白了江無漾想怎麼做，但他還是疑惑道：「可井水怎麼能直接引到水池裡呢？」

季知節心想，江無漾還真是什麼都懂啊……

她笑著說道：「用虹吸。」

見季知節明白自己的想法，江無漾的神情放鬆下來，跟她在一起，很多時候都不需要解釋什麼。

工頭不懂，不過見兩人做法明確，就照他們的要求去做，只是加了這些東西，價格自然要往上加一些。

季知節答應得爽快，畢竟是為了以後省事，沒什麼好糾結的。

從鋪子裡出來，季知節打算回客棧收拾行李。

目前廚房還不能用，只能在外面買吃食，季知節跟江無漾商量了一下，決定先搬過去住，這樣能省下住宿費用，至於燒水之類的，暫時在院子裡將就，反正也不差這兩、三天了。

返回客棧的時候，江有清已經做好吃食，就等著他們兩人一起用餐。

奶黃包賣完了，季知節跟小二打了聲招呼，表示等會兒他們就要搬走了。

小二著實有些不捨，客棧的吃食生意這才剛剛好起來呢。

吃過飯，江無漾就去了木材鋪子。字已經刻好，只差收尾的工作，他自己挺滿意的，就是不知道季知節覺得怎麼樣。

幾個人正待在一處打包行李，掌櫃的就敲了門進來，他有些猶豫地對季知節說道：「季娘子這是打算搬走了？」

季知節這幾天幫他招攬了不少生意，她這一走，業績不知會掉成什麼樣子。

「是，我們要住的地方已打點好，就不再住店了。」季知節回答道。

掌櫃的道明來意。「聽說季娘子要做吃食生意，我想跟娘子合作，不知道您願不願意？」

「合作？」季知節不知道他想要怎麼個合作法。

掌櫃的說道：「娘子的奶黃包可是要拿來自己賣？」

「是。」季知節也不瞞他，反正瞞不住。

掌櫃的眼神一亮道：「那就是了，以後我從娘子的鋪子裡拿奶黃包過來賣，娘子便宜我兩分就得，我主要是想留住來吃飯的客人。」

「這樣是不是不太好？」季知節說道。這樣只怕影響彼此的生意。

掌櫃的瞧季知節一副不願意的模樣，忙道：「我這客棧在城門口，不如城中心的人多，來往的又大多是商客，不與娘子有什麼衝突。」

季知節想了想，道：「成，那就答應掌櫃的了，只是我這奶黃包只打算上午賣，掌櫃的若是要，只能先將包子包給您，客棧什麼時候要就什麼時候蒸。」

見她鬆口，掌櫃的頓時笑逐顏開道：「這樣就行。」

季知節只做上午，他們賣三餐，影響不大。

等掌櫃的走了，季知節就繼續收拾物品，她邊收邊對江有清說道：「妳可聽見方才掌櫃的說什麼了？」

江有清自然都聽見了，點了點頭。

季知節道：「那以後這活就交給妳了，妳的手藝不錯，在白案上挺有天賦的。」

「給我？」江有清反問道。

季知節頷首道：「沒錯，以後掌櫃的要多少，妳單獨做給他就行，除去成本之後，剩下來的錢都是妳的。」

話音剛落，季知節就打包好行李，轉身去鄭秋的房間幫她收拾，留下江有清錯愕地待在原地。

江有清有些恍惚地問旁邊的李歡。「嫂嫂，我沒聽錯吧？」

李歡笑著說道：「沒聽錯，四娘誇妳呢，妳真是越來越厲害了。」

這個小姑的成長李歡也看在眼裡，若丈夫知道了，肯定很欣慰吧……

等一行人到了新住處，將行李都搬進去之後，就快到吃飯的時候了。剛收拾完，江無漾就過來了，他的行李不多，是賀媛幫忙拿的。

季知節休息了幾日，著實有些閒不住，江無漾這不許她做、那不許她做，生怕她又病了。

知曉江無漾最後一日刻牌匾，也累了一段時日，季知節打算做些好吃的犒賞一下他。廚房還沒做好，只能在院子裡臨時搭建做飯的地方。

季知節想了想，決定做些燒烤，畢竟這種情況下不方便炒菜，再熬點粥，就算是慶祝喬遷之喜了。

出門時叫上了江無漾，她要買的材料有點多，一個人怕是拿不來。江無漾也不多問，跟在她身後一起出門。

季知節買了點牛肉、羊肉還有雞腳，另外買了些青菜，重點是她買的那半隻羊腿。

她晃著手裡的羊腿道：「今晚咱們吃烤羊腿。」

「好。」江無漾應了聲。

又買了些需要的香料跟調味料，兩人才打算回鋪子裡。

回去的路上經過孟家的茶鋪，季知節又找掌櫃的訂了一壺荔枝茶，要他們在晚間時送來。

回到鋪子，工頭等人正在砌蓄水池，江無漾跟季暉兩個人將柴火堆在一起後，就當起了監工。

季知節將簡單的食材交給江有清與李歡，交代她們清洗乾淨後用竹籤穿成串，自己則去處理羊腿。

羊腿處理不好會有腥味，還要醃製一會兒才能烤。等候醃製入味的時間，季知節就跟她們兩個一起串食材。

江有清好奇地問道：「四娘，今晚又打算做什麼好吃的？」

這些東西瞧起來跟烤魚很像，那次的烤魚她吃過，挺好吃的。

「烤羊腿，吃起來別提多香了，等會兒烤好了你們多嚐嚐，外焦裡嫩的。」

這道料理程序複雜繁瑣，即使是在現代，季知節做過的次數也不多。

季暉聽見是自己沒吃過的料理，忙跑過來問道：「這東西比更烤魚好吃嗎？」

「等會兒你吃吃不就知道了？」

季暉一聽眼睛就亮了，但馬上又暗了下去。「這麼好吃的東西，大壯不在真是可惜了。」

李歡聽了，沈默了片刻。她也挺喜歡牛大壯的，他啟蒙的年紀雖然大了些，卻勤奮肯學，人也上進，是個好苗子，更何況牛大壯還是她的恩人，她也擔心他們一家以後在西平村日子不好過。

季知節輕笑道：「這麼捨不得大壯？」

李歡嘆氣道：「大壯是個好孩子，年紀也跟暉哥兒相當，難得交個朋友，不捨也是正常。」

季暉忙點頭道：「就是。」

「我已經跟大爺商量過了，以後咱們做生意還要他送雞來，大壯每日都會跟來，到時白日大壯跟著暉哥兒待在鋪子裡，晚上大爺要回村的時候再帶著他。」

季暉一臉不敢置信道：「真的?!」

「我什麼時候騙過你？」

季知節又轉頭對李歡道：「我跟大爺說好了，叫大壯帶著唸書要用的東西，到時表嫂可得好好教人家。」

「這是自然。」李歡點頭。沒想到季知節什麼都考慮好了。

「原本打算到了那天再給你們一個驚喜，沒想到你們都這麼捨不得大壯。」江有清笑著說道：「這不是有人更捨不得嗎，什麼都幫人家安排好了。」

季知節聞言笑出了聲。的確，她也是捨不得。

等到天色將將暗了下來，工頭便要帶工人離開了，季知節留他們下來吃燒烤，但工頭看了菜色一眼，道：「娘子這些吃食都很昂貴，咱們人多，留下來吃不合適。」

說著，他也不等季知節說話，帶著人就走了。

江無漾生起了火，留下木炭烤肉跟青菜，大火的那頭另外用來烤羊腿。季暉跟江無漾沒幾分鐘就去翻轉兩下羊腿，季知節倒也省事了。

油開始往外冒了起來，等撒上香料，味道就飄了出去，周圍都是些商鋪，聞到這香味，口水都要流下來。

許多還沒吃晚飯的人都朝鋪子外看了看，不曉得這是從哪家冒出來的香氣，然而瞧了許久，都沒找出源頭。

「唉唷，這香的呀，都快出人命了！」

窯廠裡的工人正在吃晚飯，他們的碗裡清一色都是白菜豆腐跟少許肉末。他們的伙食差不多就是這樣，也不是一年兩年了，只是吃著吃著聞到了空氣中飄來的香味，原本的飯菜頓時沒了味道。

「你們聞到了嗎？是不是我出現幻覺了？」其中一個工人說著，還猛吸了下鼻子，越聞越覺得那香味真切。

另一個聞到的人也說：「難道我也出現幻覺了？」

又有人說道：「我還是頭一回聞到這麼香的味道呢……」

終於有人受不了，罵罵咧咧地放下手中的碗，走到門口道：「我倒要看看是哪家的飯菜做得這麼香！」

第三十九章　正式開張

孟百京前來巡查窯廠，正在跟吳老爺商議事情，誰知忽然聽見外頭一陣喧鬧聲。

吳杏峰問管事。「這是發生了什麼事？」

眼下當值用飯時段，怎麼就起了這麼大的動靜。

這幾日窯廠正趕製一批要交工的瓷器，時間緊得很，再加上華京那邊催得急，導致窯廠的氣氛很緊繃，吳老爺也是怕生出什麼意外來。

孟九安碰巧從外頭進門，輕笑一聲道：「也不知道是誰家的飯菜做得香了，工人們嫌棄咱們的吃食不好吃。」

門關著倒是聞不到，一打開，確實有一股香味飄了進來，連吳老爺也忍不住多吸了幾口，別提那些累了整日的工人了。

無為一聞，悄悄地從門口溜了出去。

聞著這股香氣，孟百京的肚子「咕嚕咕嚕」一陣聲響，孟九安責怪地看了他一眼道：「你這又是多久沒吃飯了？」

吳杏峰爽朗地笑了一聲道：「也是怪我，跟大公子一談起事情來就忘了時間，沒提醒他要吃飯。」

孟九安帶著孟百京就要去飯堂，叨念道：「沒時間去酒樓買吃食了，先去食堂將就一餐吧，總這麼餓著，胃可受不住。」

越往外走，那股香味就越濃郁，夾著油脂跟香料的味道，他們幾個都默默吞了一下口水。

茶鋪的鍾祿剛好過來送荔枝茶給季知節，然而他們全在院子裡，沒察覺鍾祿上門。他聽見院子那個方向有說話聲，就直接走過去。

「季娘子在嗎？」

瞧見季知節，鍾祿說道：「季娘子，給您送茶水來了。」

吃了燒烤，嘴巴裡的味道重，喝點荔枝茶正好解解膩，季知節接過茶壺，付了錢給鍾祿。

鍾祿道了聲謝，聞著香味說道：「季娘子這是在做什麼吃食，以前從未見過，怪香的。」

季知節拿了幾根牛肉串給他道：「這東西叫燒烤，將肉串用炭火烤熟，味道不錯，你拿幾串嚐嚐。」

鍾祿著實被這味道勾得不行，忙向季知節道謝。「那就多謝季娘子了。」

接過牛肉串，鍾祿連忙咬了一口，油脂滿口又不油膩，好吃極了。

鍾祿開心地拿著牛肉串離開，季知節忙著烤食材，季暉跟江無漾在旁盯著羊腿，江晚在院子裡撒歡跑著，賀媛抱著江晞，鄭秋看著江晚，江有清與李歡邊吃手裡的燒烤，邊往杯子裡倒荔枝茶。

院子裡一片歡樂，沒人注意到屋頂上一躍而起的無為。

無為趁著夜色重回窯廠，面無表情地走進食堂。

孟九安看著他說道：「不是要吃飯了嗎，你這跑哪去了，找了你許久。」

無為望了望桌上的飯菜，又瞧了瞧孟百京的臉色，頓了一會兒才道：「吃不下。」

「唷，還有你吃不下飯的時候？」孟九安驚奇得很，無為哪次吃飯的時候不是最積極的。

孟百京停下手中的筷子道：「瞧見什麼吃食了？」

那股香味還未斷，看他這反應，就知道他去查看是哪家的飯菜這麼香了。

「燒烤，」無為坐在孟九安的身邊道，他剛剛是聽見季知節這麼說的。「還有烤羊腿。」

「什麼？」孟九安沒聽過燒烤這種東西。

無為看了看兩人的臉色，說道：「這香味是從窯廠對面那家正在裝修的鋪子裡傳出來的，是季知節的店。」

此話一出，孟家兄弟都愣住了。

季知節做的？

鍾祿邊吃邊從鋪子裡出來，還沒走幾步就被窯廠的工人給叫住了。「小哥，你這吃的是什麼東西？」

他們常在茶鋪上喝涼茶，都認識鍾祿，在門口看了一圈，確認是從這鋪子裡散發出來的香味。

鍾祿揚了揚手裡的牛肉串道：「季娘子說這個叫燒烤，聞著怪香的，很好吃。」

這說得工人們嘴饞，有人忍不住道：「小哥，你手裡的肉串賣嗎？」

鍾祿一聽，將牛肉串藏在身後直接搖頭道：「這可是季娘子送我的，怎麼好拿來賣？」

那人伸出五根手指頭道：「我出五文。」

「五文？你一天能賺多少錢啊，花五文買這個？」身邊的人勸阻道。

那人卻不聽，只道：「光是這香味就讓我幹不了活，還不如試試是什麼滋味。」

鍾祿猶豫許久，終究沒能抵擋住五文錢的誘惑，將牛肉串分了一根出去。

等那人吃進嘴裡，其他人都等著他的感想，生怕他覺得五文錢不值。

「好吃！我從沒吃過這麼好吃的東西……咱們在這窯廠裡吃的都是些什麼鬼！」

孟百京與孟九安剛走出來，就聽見這句話。

吳杏峰在後頭喝斥道：「一天天的胡說八道些什麼，吃飽了就去幹活，少圍在門口這裡給人當猴子看！」

見著吳老爺，眾人的態度才收斂了些，有膽子大的人問道：「聽說對門要做餐館，吳老爺，咱們以後能不能跟他們合作，去那裡買些吃的得了。」

「去去去，有得吃就不錯了，還挑三揀四，快做活去，不然工作都要沒了，還吃什麼飯！」吳杏峰將剩下的人趕走。

孟百京與孟九安坐在回衙門的馬車上，孟百京沈默了一路，終於在快到衙門時對孟九安道：「等季姑娘的餐館開業時，你帶著工人去嚐嚐味道。」

車簾被人從外頭挑開，無為的探出頭來道：「屬下也要去。」他著實被那香味給勾住了。

孟九安輕笑一聲道：「行，等開業那日，帶你們一起去。」

三日後，季知節的鋪子裝修完畢，一切比她預想的還要出色，江無漾把廚房規劃得有條不紊，有些地方季知節自己都沒想到，他全處理好了，讓她省下不少心思。

今日再去訂些食材，明日就能開業了，季知節已經跟牛大郎還有魚店的老闆約定好送食材的時間。

知食記要從早上一直營業到晚上，要準備的東西很多，季知節買了整整一日，才將材料徹底備齊。

夜裡回到家、吃過晚飯，季知節就去房間找李歡。江晚已經睡著了，李歡正抱著江晞站在窗邊欣賞外面的景色。

站在低處時不覺得景致多吸引人，站在高處時看著底下的燈火，倒是美不勝收。

瞧見季知節來了，手上還拿著一本冊子，李歡便將江晞放在床上。

季知節將手裡的帳簿遞給李歡道：「明日就要開業了，我這鋪子裡還缺一個帳房先生，思來想去，覺得表嫂最合適，不知道妳願不願意。」

李歡當然願意，但看著床上兩個孩子，心裡又有些放不下。讓婆母一個人帶孩子，身體難免吃不消。

季知節明白她的顧慮，道：「我已與母親說好了，讓她幫姨母一起帶孩子，妳要來幫我，還要教暉哥兒跟大壯讀書，也是累得很。」

聽季知節這麼說，李歡便答應了。她不像江有清跟江無漾能在廚房裡為季知節搭把手，只能在這方面幫她了。

季知節繼續道：「我招了兩個在前廳傳菜的婆子，還招了兩個在後院洗盤子的，我人待在廚房，有時會看不住人，還要煩勞表嫂替我管管她們。」

李歡點頭道：「妳的事，我自然是盡心的。」

「我跟表哥商議過，妳當帳房先生的月錢是一兩銀子，再加上分紅，也就是說，鋪子要是生意好，會多給一些。」

「我怎麼能要妳的工錢？」李歡不肯。四娘已經幫忙自己許多，做這些是本分，怎麼好意思拿錢。

季知節卻道：「包括暉哥兒在內，鋪子裡所有人都有工錢。表哥的月錢是三兩銀子，有清跟妳一樣是一兩銀子加上分紅，不過她會做糕點，奶黃包賣給客棧有額外收入，總共會比妳的高一些。這是為了咱們能長長久久地共事，表嫂明白嗎？」

李歡微微愣住了，頓了一下才說道：「我明白了。」

所謂親兄弟明算帳，不過是這個道理。

季知節笑道：「那就拜託表嫂了。」

李歡搖搖頭道：「妳跟我還客氣什麼，真要計較的話，是我該謝妳才是。」

解決了眼下的事，季知節才放心地去睡覺。

終於到了開業的時候，季知節簡直激動極了，早早便爬起來準備。一大早知食記門口就燃起了鞭炮，工人協助掛上江無漾親手刻的牌匾。

鞭炮聲如雷霆般響徹雲霄，火花如繁星般閃爍，孩童們在一旁隨著鞭炮聲興奮奔跑，歡聲笑語不斷。

除了奶黃包，季知節還準備了豆沙包、桂花糕、鮮肉包、燒麥跟蝦餃等，以及不少肉類，像是鳳爪、排骨等等，另外配了豆花跟雙皮奶，還煮了些茶水。

種類雖多，但是每樣數量都不多，季知節決定先試試哪樣賣得好，篩選一下菜單。在這當中，已經打響名號的奶黃包做得最多，是王牌商品。

東西已經在灶上蒸了，鞭炮聲剛剛燃盡，就見顧客上門，都是在附近趕著上工的人。

陸州要進窯廠幹活，就見對門的鋪子開業了。他前幾日從鍾祿的手裡買了牛肉串以後，便念著季知節的手藝好幾天，如今終於盼到了。

鋪子內有什麼吃食，門口立著的牌子寫得一清二楚，方便進鋪子前有基本認知。

陸州端詳了牌子一下，猶豫了一會兒，才問季知節。「可有一種叫做『燒烤』的吃食？」

季知節被他問得愣住了。「燒烤？」

此時鋪子門外已經圍了不少人，都是被那日的燒烤香味給吸引過來的，想來看看有沒有得買。

陸州點點頭道：「對，就是這個，那日我吃的一串，可教我想念了好幾日。」

季知節更奇怪了，她並沒將燒烤給過他啊。

陸川看她疑惑，解釋道：「是那日茶鋪的鍾祿給我的。」

原來如此。季知節笑著說道：「燒烤暫時還沒有，若是以後有了，第一時間通知您。」

此話一出，陸州眼裡的光頓時暗了下去。

「不過我這鋪子裡的其他吃食都不錯，您要不嚐嚐有沒有什麼合口味的？」

陸州見大部分都是甜味的，他並不喜歡吃。

「這是不是奶黃包？」身後有眼尖的人瞧見這黃色的點心，正是前幾日大紅特紅的奶黃包。他吃過一回，挺好吃的，這幾日還想吃，就去那間客棧買，誰知沒有了。

「奶黃包不是客棧裡賣的嗎，這鋪子裡怎麼會有？怕是不正宗吧！」有人對此心存疑惑。

季知節笑著答道：「開業前鋪子裡忙，騰不出手做，便休息了幾日，以後咱們鋪子跟客棧一樣有賣，保證是一個味道。」

「那奶黃包是娘子您做的？」

他們只吃過奶黃包，並未見過做奶黃包的人。

「是不是我做的，我說了不算，您買去試試不就知道了？」

「行，那我買兩個嚐嚐，要是味道一樣，以後就常來妳這裡買。」

那人說著給了兩文錢，季知節打包好，他便拿著吃了一口。

身旁的人問道：「味道怎麼樣？」

那人邊吃邊點頭說：「就是這個味道，感覺比前幾日吃的還要香。」

聽到這話，其他人都忍不住了，開始搶著買奶黃包。季知節這裡不似客棧那邊限量販售，來買的都是五、六個起跳，還沒等後頭的人買到手，剛出籠的就賣完了。

一見到還要等，上工時間又近在眼前，大夥兒便買了別種吃食，蝦餃跟鮮肉包賣得最好。這些是葷食，價格也要貴一些，可等他們嚐過之後，便覺得即使貴也要再買。

等這批人離開時，吃食也賣了大半，其他東西雖說準備得不多，但也快賣完了。

等客棧的小二來的時候，江有清剛剛將奶黃包準備好，很快就能讓他把東西帶回去。裝奶黃包的蒸籠是客棧那邊準備的，比之前的大了不少，每籠能裝下二十個，一共有六籠。

小二給了江有清一百文，她跟小二約定好，每日差不多都準備這個量，等賣完了再將蒸籠送過來。

江有清轉頭就將手裡的錢給了李歡。她跟李歡商量過，這些錢全交由給她保管，等月底時算清了成本跟材料錢，她再拿走屬於自己的工錢，絕不讓季知節吃虧。

鋪子裡陸陸續續坐了幾桌人。剛開業就能坐上人，季知節已經很滿意了。這些都是附近商鋪的人，不像工人們趕著離開，點的吃食也都精細，多半點奶黃包再配一碗豆花。

吃過的人幾乎都會打包一些帶回去給家裡的人嚐嚐。豆花這種食物常見，只是其他地方賣的味道都不如知食記的好，還有些人衝著季知節的手藝買雙皮奶品嚐，有人吃過以後更多點了一碗。

「季娘子，妳這吃食可是賣整日？中午咱們還想來買。」

除了官瓷的窯廠，其他窯廠大多不管飯，他們不是從家裡帶乾糧，就是在附近的街上隨便買兩個餅子，早就吃膩了，難得季知節做的吃食好吃，自然想來買。

季知節搖頭道：「這些東西只在上午賣而已，中午跟晚上賣飯菜。」

「季娘子還賣飯菜？」

「是，知道你們做活辛苦，吃飽了才有力氣幹活，咱們這裡賣炒菜，也有快餐能點，中午時來瞧瞧就是。」季知節說道。

「好，中午我帶兄弟們過來看看。」那人應得痛快。有飯菜吃，更容易吃得飽，對他們來說也划算。

眼看時辰差不多，季知節就停了手。上午的吃食只剩下一點沒賣出去，不過她不著急，總會有人來買。

牛大郎正好送雞過來，車剛停下，就見一個人匆匆忙忙地朝鋪子裡跑去。

季暉正在送吃食給客人，還沒看清楚是誰，就聽見熟悉的聲音喊道：「季姊姊，我要吃那個包子！」

順著聲音，季暉朝廚房那邊看去，果然瞧見了牛大壯。他將吃食放在客人桌上，就朝牛大壯跑過去，假裝不高興地說道：「有吃的就不理我，看我叫阿姊以後別讓你來了。」

季知節將剩下的點心一種拿給牛大壯一份。他們出門得早，就算吃過早點，也該餓了。

牛大壯拿著盤子朝季知節道了聲謝，又對季暉道：「我那是見你在忙呢。」

幾個婆子幫牛大郎一起將雞送進後院，他見牛大壯坐下吃起了東西，便道：「一進門就吃，也不見你幫忙，還要占著給客人的位置。」

牛大壯一聽，剛想站起來，江有清就拿著兩碗豆花過來說：「坐著吧，這時候沒什麼客人，不礙事，大爺也來吃些東西。」

聞言，牛大郎連忙擺手道：「娘子要拿來賣的吃食，送給我們吃可不好。」

第四十章　投其所好

忙了快一上午，他們幾個人都還沒吃東西，打算趁這個時候吃午飯，季知節拿著一些吃食過來道：「今天準備的東西不多，就剩下這麼幾樣，明日做得多了，再給你們嚐嚐其他的。」

江無漾也端著幾碗豆花跟雙皮奶過來，兩樣各給了牛大郎一碗。

牛大壯倒是不客氣，從江無漾手裡接過一碗雙皮奶道：「多謝江大哥，我也不白吃，以後白天我殺完了雞，就在這裡跑堂。」

季暉笑了一聲道：「你這吃的可比工錢多多了。」

牛大壯被他說得噎住，李歡跟著笑道：「跑堂倒也不用你，等不忙了，你與暉哥兒一起跟著我學習，讓我看看這幾日你退步了沒有。」

聽李歡這麼說，牛大壯點頭如搗蒜。

見季知節他們對大壯這般好，牛大郎心中五味雜陳。感覺大壯這孩子，會比他們家其他人都要有出息。

幾個人正說笑著，忽地從外頭傳來一道聲音。「看來咱們來得不是時候啊。」

季知節回頭看過去，倒沒想到會是孟九安與孟百京兩人。

「大公子跟二公子怎麼來了？」季知節忙迎了過去，就瞧見無為跟在那兩人身後，目光正飄向廚房。

無為發現吃食差不多要沒了，表情難看得很。

孟九安笑著回道：「聽聞妳這裡開業，我們就過來瞧瞧，順便看看有沒有什麼能幫上忙的。」

季家跟江家的人都認得孟九安，他是他們兩家的貴人，自然要好生招待著。江有清跟李歡忙去廚房拿些吃食出來，無為跟在她們身後，指名要吃奶黃包。

其他吃食大公子不知吃不吃得慣，多要幾個奶黃包不會錯。

「可要換個清靜點的位置？」季知節問道，可目光卻是落在孟百京身上。

這是江無漾第一次見到孟百京，面容的確生得好看。他們兩兄弟的身分尊貴，坐在大廳裡確實不太合適。

孟百京卻是搖頭，溫和道：「何處都一樣，季姑娘不用太講究。」

既然在場最大的官都這麼說了，季知節也不再多問，更何況，她這裡沒多餘的位置了。真要換的話，只能騰出他們住的房間。

糕點上了桌，孟百京喜歡吃甜食，季知節就拿了一碗豆花給他，其他人則是給雙皮奶，這也是因為豆花只剩下一份。

「大公子嚐嚐看，這豆花跟別處的不一樣，保准你會喜歡。」

這季知節慣會討好人。

「哼。」孟九安輕哼了一聲，又看向自家大哥。

孟百京點頭道：「多謝季姑娘。」

季知節將手裡的雙皮奶給了孟九安跟無為，道：「這東西雖不如豆花清甜，但口味獨特，還放上了自己煮的紅豆，嚐嚐合不合口味。」

孟百京嚐了口豆花，確實跟外面做的味道不同，好吃許多，沒多久，一碗便見了底。

牛大壯扯了扯季暉的衣袖輕聲道：「那位哥哥是不是就是上次幫我們的那個？」

他雖沒見過孟九安，但記得他的聲音，此刻聽起來十分懷疑。

季暉看了孟九安一眼，點了點頭，牛大壯更是對孟九安崇拜起來。

孟九安臨走的時候，給窯廠的工人訂了中午的吃食，要季知節做好以後直接送去廠裡。

季知節從孟九安手上接下銀兩。窯廠裡差不多有一百人，孟九安給了一兩銀子，說要是他既答應了孟百京，便說到做到，這樣也省得廚房還要另外做飯。

收了錢就要辦事，季知節問孟九安需要一些什麼口味的吃食，他只道清淡些就行。

有大筆生意能做當然開心，只是季知節這邊訂的雞跟魚數量有限，也才一百二十份而已，要是大半都被孟九安給訂走，後頭的生意可不好做。她忙讓季暉去魚店老闆那裡再多訂三十條魚，否則下午可能就不夠賣了。

雞肉也是，只能讓牛大郎多跑一趟，季知節跟牛大郎商量好了，等一下帶著江無漾一起回去，順道再拉些東西過來。

季家在西平村的家還有個雞籠，她讓牛大郎多拉些雞過去養，若是雞的數量不夠了，也好立刻補上。

除了季知節跟江有清兩個人在廚房裡，李歡在前面算帳，其他人都去了後院幫忙。季知節之前做了張菜單，裡面有二十道炒菜，還要另外備些材料，若是有人需要客製餐點，她也能做。

附近並非全是工人，也有不少商人，所以季知節什麼人的生意都要做。

米飯早已蒸上，等青菜洗乾淨了，就能炒好備用。

早上送來的那批魚，季知節打算全給官瓷窯廠裡的人，灶多，煮起來也快，等魚出鍋後，她就煮起雞肉來。

差不多煮好以後，追加的魚也送來了。雞肉還剩下一些，只是量不多，中午能賣就先賣。

煮完雞又開始煮魚，季知節忙得團團轉，等忙到了一個段落，她就叫江無漾跟江有清先將這些吃食給官瓷窯廠送過去，自己則另外給孟百京與孟九安炒幾道菜。

孟百京喜歡吃些甜的，那她就做糖醋里脊、雞絲豆苗、珍珠魚丸跟杏仁豆腐，這幾樣料理菜單上都有，做起來也快。

等做完這些，要再隔一會兒，才會迎來工人下工的時間。

季知節剛坐下，李歡就給她倒了杯水，笑著說道：「四娘猜猜，今日已經收了多少錢？」

除去孟九安給的一兩，其他收入季知節完全不曉得，她實在太忙了，無暇顧及其他事。忙了半天終於能喝杯水，總算舒服了些。

「差不多二兩銀子。」李歡說道。

其實她剛剛被這數字嚇著了，生怕自己計算有誤，重算了一遍後，確定沒錯，放心的同時，也深感訝異。

季知節驚訝地說道：「這麼多？」

「這才中午，到了晚上，不知道會有多少。」李歡光想都覺得興奮，要是能持續這種盛況，攢起錢來可不知道比從前快上多少。

季知節倒是冷靜得多。「這是今日才剛開業，二公子又來照顧生意，哪能總是如此呢？」

李歡想想也是，然而還未建立名聲的新鋪子就能這般受歡迎，令人始料未及。

不過，生意好誰都高興，錢這麼一算，季知節幹起活來比之前都更來勁。

快到中午飯點了，人潮慢慢聚集在知食記外，早上吃過那些點心，大夥兒都不由自主地期待起午飯來。

「季娘子，我帶著兄弟們過來了，妳這裡有什麼飯菜？」

早上問過的工人果然帶其他人來了，他們看著鍋裡的魚跟雞料理，全移不開眼——自己不曉得多久沒在中午吃過飯跟肉了。

「一份魚或雞配一份青菜跟米飯，總共八文錢，米飯不夠可以免費再加。」季知節說道。

「這樣只要八文？」

工人簡直不敢相信。這樣的餐點，在其他地方一份可是要十幾文。

原本他們是看鋪子今天開業才過來嚐個鮮的，沒想到這麼便宜。

「大家都不容易，能便宜一點是一點。」季知節想做的是長遠生意，要是太貴了，一般人可消費不起。

「我要一份。」

「給我也來一份。」

見價格不高，餐點內容又豐富，工人紛紛點起餐來，只是中午能賣的數量不多，很快就沒有了。

「實在抱歉，方才官盜的人預定了吃食，眼下不夠賣了，若是還想吃，可以看看其他炒菜，就是沒有快餐便宜。」

「官瓷那邊的人也在妳這裡吃？他們不是有食堂嗎？」

「咱們季娘子跟官瓷的吳老爺是朋友，他見鋪子開業，過來幫襯一下。」李歡在一旁解釋道。她沒說是孟九安，而是換成了吳老爺。

吃不上也沒辦法，有些人見價格貴便走開了，有些人則牙一咬點了道菜來嚐嚐，好在米飯免費，不管怎樣都能吃飽。

鋪子大廳裡有十張桌子，全坐滿了，有人吃了一口雞肉，便問季知節。「季娘子，您是不是在西平村村口那裡擺過攤？」

「是。」季知節答道。

「難怪。我朋友曾買來跟我喝杯小酒配著吃，吃起來熟悉得很。晚上還賣嗎？我想買點回去給家裡的人嚐嚐。」

「賣，就是價格比在村口時貴上兩文。」

那人搖搖頭道：「不礙事，以前就嚐過季娘子的手藝，確實比其他鋪子的好上許多，聽說那時供大家買的量不多，既然今天讓我碰上了，自然要買一些。」

其他人吃過了季知節做的菜，都喜歡得很，聽見還能外帶，也想趁晚上過來瞧瞧。

說起來也奇怪，明明只是尋常的菜色，為什麼季娘子炒出來的就是比其他人做得好吃呢？

料理可口，他們也就不認為價格太貴，只覺得值了。

午餐比早餐賣得快多了，下午所有人都能休息一會兒，到了傍晚又要開始忙了。

牛大郎還要一些時間才能趕過來，季知節跟江有清輪流在廚房裡守著，李歡則帶季暉與牛大壯上樓。他們打算等鋪子的生意穩定了，再送孩子們去學堂。

季知節心想，也不知道江無漾吃過東西沒有，瞧他那樣子，多半不會吃……

在鋪子裡坐了一陣子，季知節就見窯廠門口人來人往的。她還沒進去過那裡，只見門上貼了張白紙，那些人進去以後沒多久就會出來。

她忽然間想起，官瓷窯廠好像是在招工。

季知節又盯著窯廠看了一下子，就瞧見無為從門口出來，手裡還提著打包好的食籃，瞧見季知節剛好在，無為就將食籃交給她。

盤子都已經洗乾淨了，季知節問道：「味道可還行？」

她相信的手藝沒問題，就是習慣性要了解一下顧客的意見。

無為點頭道：「尚可。」

季知節挑眉道：「只是尚可？」

無為沒回答這個問題，只是從袖子裡拿出十幾文錢來道：「傍晚的時候再做幾道菜送來吧，大公子跟二公子今晚要待得晚一些。」

「窯廠這麼忙嗎？」季知節問道。忙到要兩位身分高貴的公子整日待在裡頭。「或許是吧。」

這些事無為就不懂了，他只管跟在大公子身邊護他周全就行，其他的不用他操心。

「行，那我今晚親自給兩位公子送過去。」

江無漾回來的時候拿了不少東西，季知節幫忙把物品從牛車上拿下來，問道：「可吃過飯了？」

見江無漾沈默不語，季知節嘆了口氣，從廚房裡端了兩道菜來給他。「先吃飯吧，這些我來收拾。」

她先算好了時辰，知道江無漾差不多這個點會回來，就特地為他炒了菜。

牛大郎在旁邊哈哈大笑道：「就數季娘子最心疼江郎君了。」

江無漾跟季知節兩個人都不說話，江無漾安靜地坐在桌前吃飯，季知節則轉身回到廚房裡頭待著。

季知節去窯廠的時候，就見門房正襟危坐，一副大氣都不敢出的模樣。

知曉季知節是要送飯來給大公子，門房想對她說些什麼，卻始終沒說出口，只揮了揮手讓她進去。

季知節摸不著頭緒，又不方便多問，只得轉身進了門，誰知還沒走兩步，就聽見嚴厲的訓斥聲。

她愣了一下，朝前頭多走了兩步，就見院子底下烏泱泱站了一片人，正被人教訓著。教訓他們的人，就是那向來溫和有禮的孟百京。

「就這樣的瓷器，教我如何往宮裡送，等著一起被砍頭嗎？」他的聲音清潤，卻讓人忍不住顫抖。

炎炎夏日，季知節竟是感受到了一股寒意，他身邊正站著孟九安與吳老爺，兩人的神情都非常嚴肅。

難怪外面的人提起大公子總是一副害怕的模樣……

「再給你們一個月的時間，若是做不好，可不是辭工能了的。」

孟百京說完才留意到了站在廊下的季知節，他斂起身上的寒氣，目光深沈地看了她一眼，轉身走進屋子。

待孟百京離開現場，院子裡的人才敢大聲喘氣。

季知節走得近了，就聽見有人小聲道：「大公子可真是比二公子嚇人多了，我差點連呼氣都不敢。」

有人瞧見了季知節，詫異道：「季娘子怎麼這時候來了？」

季知節淡淡一笑，道：「我來送點吃食。」

無為正好也看到了季知節，他接下她手中的食籃，聞了聞味道，感覺裡面的菜好像很合大公子的口味。

孟九安也湊過來想瞧瞧是什麼吃食，無為伸手擋住他，一副不給他瞧的架勢。

季知節問孟九安。「新的瓷器還未能送入華京？」

提起這個孟九安就頭痛，無奈地搖了搖頭。他都來錦城多久了，倒是挺想走的。

季知節想了一下後，問孟九安。「我能去找大公子談談嗎？」

「妳確定？」孟九安反問。這時候大哥正在氣頭上，去找他可不是明智之舉。

季知節點頭道：「我知道一個人或許能幫你們。」

燈火輕輕隨風搖晃，男子手持書卷，看得專心入神。

一時之間，季知節實在無法將他跟剛剛那大發雷霆的人聯想在一起。

緩步走到他身邊，季知節將準備好的食籃放在桌子上，見到是她，孟百京放下手裡的書，沈聲問道：「怎麼是妳來了？」

他瞧了門外一眼，並未見著無為。

季知節笑著說：「大抵是害怕了，才讓我來觸這個霉頭。」

孟百京愣了片刻，才低聲笑道：「妳不怕？」

「當然怕，怎麼不怕，大公子的氣勢令人畏懼，可即便嚴厲訓斥他人，也是為了萊州府的百姓著想，想想就不怎麼怕了。」季知節拍著馬屁。

桌上擺著許多精緻的吃食，比起中午那些豐富了些許。

「不知大公子愛吃什麼，就多做一點，若是大公子吃著合胃口，就派人來告訴我，往後我再做些送來。」

季知節做的吃食都沒用什麼貴重的食材，卻比他嚐過的任何名貴料理都要美味。

孟百京點頭道：「多謝。」

季知節思索了一下，對孟百京道：「大公子若是不介意，可以讓我表哥來窯廠試試。我表哥會做許多東西，只怕瓷器也在行，你知道他的身分，華京那邊的人想要什麼，他應當明白。」

她向孟百京推薦江無漾。

孟百京看向季知節的雙眸，停頓了一會兒才道：「季姑娘這話，可有問過江公子的意思？」

「若是大公子同意，他有什麼好推辭的，總不能真的讓他跟我在這裡做一輩子活吧。」

季知節苦笑。她明白遲早有這麼一天，只是沒想到會由自己替他提出請求。

孟百京頷首道：「若是江公子答應，明日我便在這裡等他。」

「好，我去同他說。」

季知節離開後，孟百京看著這滿桌的菜出了神，直到孟九安與無為從門外進來，他才收回思緒。

「季知節是什麼意思？是江無漾要投靠我們？」孟九安不明白她的用意。

孟百京吃了一口桌上的菜，輕聲道：「或許是吧。」

第四十一章　青雲之路

季知節回去的時候有些晚了，她原先煮好來賣的吃食已經剩下不多，有幾個人站在門口等江無漾替他們打包。

從季知節出現在窯廠門口開始，江無漾的目光便落在她身上。

季知節過去那邊的時候，表情就有些沈重，回來時的臉色更是凝重。

此時季知節像是察覺到了江無漾的視線，兩人的眸光對上了，她扯了扯嘴角，對他輕輕一笑。

她心裡有事！這個念頭從江無漾的心底蹦了出來。

季知節回到鋪子裡，有人正在大廳等她煮菜，她沒再耽擱，選擇讓自己忙碌起來，只是心情不如平日愉快。

雖然她跟孟百京說得肯定，但是見到了江無漾，又不知該怎麼跟他開口了。

直到廚房裡沒那麼忙了，只剩下季知節跟江無漾兩人時，季知節才對他說道：「我方才已經同孟百京說好，明日起你可以去窯廠任職了。」

江無漾瞳孔一縮，聲音緊繃地問道：「我為何要去那裡？」

季知節看了他半晌，說道：「窯廠現在算是到了緊要關頭，你若是能出力讓他們度過難關，算是立功一件，以後你要行事也方便一些。」

聽見她的話，江無漾沈默了。他沒想到季知節竟會為他鋪路。

良久後，江無漾道：「我若是走了，妳這鋪子怎麼辦？」

「其他人都能幫襯一二，若實在忙不來，再招一個師傅就是，你的機會可遇不可求，不必擔心我這裡。」

江無漾說不出話來了。

「跟在他們身邊，總比在我這裡做幫廚要強得多，我知道你心裡裝著許多事，要是不動手做，會壓得你喘不過氣來。孟百京比孟九安可靠，他待在錦城的時間不多，要好好抓緊才是。」

季知節分析起情況，既是在勸江無漾，也像在勸自己。

「我知道了。」過了許久，江無漾回覆了這四個字。

季知節這才鬆了一口氣，卻是不知道是高興還是傷心。

窯廠離鋪子裡近，江無漾總會回來的。季知節只能這麼想。

等到鋪子裡基本上忙完，終於能吃飯的時候，季知節卻是面無表情，食之無味。

江有清還以為季知節是累了，吃過飯後就催促她休息，畢竟明日客人只怕會更多。

不知怎麼的，這夜季知節就是睡不好，翻來覆去的，寅時剛過便再也睡不著，心想乾脆起來做些吃食，不料一進廚房就見著了江無漾。

看到她，江無漾也是一愣。他在替季知節整理常用的東西，就是怕她太忙了顧不來。

「你怎麼這麼早起？」季知節問道。

察覺江無漾在替自己準備物品，她心裡正有些觸動，就聽見他道：「我睡不著，不如下來做點事。」

「你的香呢？」季知節總會按時為江無漾買助眠香回來用，算算時間，他應該還有十幾支才是。

「也不是很睏，就沒點。」

見江無漾的臉色有些憔悴，季知節說道：「我做點吃食給你吧。」

季知節心裡也不好受，她甩了甩頭，將思緒拋到一旁。他要去做一直想做的事情，自己應該替他開心才對。

光吃糕點有些乾，季知節打算為他做點雲吞。將麵皮擀薄，肉餡裡加入少許香料攪拌均勻，麵皮裡只需要放少許肉餡，包起來很快，季知節不一會兒就包了許多出來。

數過數量後放進鍋裡煮了起來，麵皮薄，不用煮太久。

雲吞美味的重點在於湯，季知節在湯裡放了豬油、蝦米跟紫菜，雲吞在熱水中浮起來後就撈出鍋，放在湯裡香味就出來了，她還另外滴了兩滴麻油。

做好一碗雲吞，季知節放在江無漾的桌上道：「趁熱吃吧，涼了就不好吃了。」

季知節包得多，她現在又吃不下，想著過一會兒再煮。

見江無漾點了點頭，季知節就重新回到廚房，準備起今天要用的東西。

江無漾吃得慢，等他吃完的時候其他人已經從樓上下來了，見兩人這麼早起，他們很驚訝，但隨即去為季知節搭把手了。

時間差不多時，知食記就開了門，門外已經有些人在等了。

有客人瞧季知節手邊放著沒見過的吃食，便問道：「季娘子，這東西怎麼賣？」

季知節見他指向剛包好的雲吞，便道：「五文錢一碗。」

「給我來一碗嚐嚐。」

季知節很快就煮好了一碗，跟江無漾那碗的做法一樣，就是雲吞的數量沒那麼多。

人陸陸續續多了起來，見鋪子裡的客人都在吃沒見過的吃食，不僅有肉，味道還怪香的，不少人都點上一碗雲吞嚐鮮。

見時辰還早，江無漾便在店裡幫忙。

快到巳時的時候，孟百京帶著無為到了鋪子裡，無為逕自進入廚房將江無漾尋了出來，接著孟百京便示意他到院子裡談話——他要親自確認江無漾的想法。

無為守在院子入口，任何人都不能過去，季知節透過院門看著那兩人的身影，只見他們表情平和，不知道在說什麼。

昨日初試啼聲便大獲好評，今天來買吃食的人更多了，好在材料都備著，不夠了就上屜蒸。

江無漾跟孟百京從院子裡出來的時候，似乎已經達成了某種交易，孟百京正準備走，季知節就將他給叫住。「大公子不如留下來吃頓早飯再走吧。」

她剛剛將雲吞煮好，無為也有一份，孟百京見無為一副很想吃的模樣，點點頭道：「也好，多謝季姑娘。」

「該是我要多謝大公子才是，以後煩勞大公子多照拂我表哥。」

江無漾這一去瓷器廠，日子就過得比之前更忙碌了，季知節一向起早貪黑，卻是連著十日未曾見過他的人影。要不是每日為江無漾留的吃食都被清空，季知節還以為他住在窯廠裡頭了。

無為偶爾會點一些吃食給孟百京，每回季知節都想著送飯時能巧遇江無漾，但從來沒實現過。

知食記的生意越來越好，名氣逐漸提升，每日的顧客越來越多，她跟江有清忙得不可開交。

這日，官瓷窯廠難得放了一下午的假，不少工人坐在知食記的大廳裡吃飯閒聊。

雖說是放假，可季知節瞧了大半天，都不曾見到江無漾從裡頭出來，不禁有些焦躁。

察覺季知節的目光一直停留在窯廠門口，有工人打趣道：「季娘子，江大人現在可是大忙人，哪能跟咱們一樣放假？」

江無漾被封了官職，成為有頭銜的人，季知節雖然沒見著江無漾的人，卻聽不少人談論過他，無一例外，全是誇讚他厲害的。

他的本事，季知節當然知曉。

才剛去窯廠裡，江無漾就被孟百京重用，連他們許久都沒能解決的難題，也被他攻克了。

今日東西很快就賣完，鋪子關得也早。附近的工人都喜歡在回家時打包知食記的東西回去，賣得便快些。

李歡正跟季知節在大廳裡算這幾日的帳，就見江無漾從外頭進來了。

好幾日沒見到人了，一見面差點以為是幻覺，季知節許久沒緩過神來，要不是李歡推了她一把，她還要繼續愣下去。

好不容易被她養胖的人，又瘦了一大圈，下巴尖得跟刀似的。

季知節看了看時辰，倒也不是很晚，便問江無漾。「可吃過了？」

雖然官瓷窯廠裡面有食堂，但按照他的性子，只怕是吃一餐、落一餐。

李歡識趣地說道：「你們慢慢聊，我上去看看孩子。」一貼心地將空間留給他們兩人。

難得江無漾回來得早，她可得幫點忙才行。

江無漾愣了一下，沒說話，季知節起身走向廚房道：「我做點東西給你吧，想吃點什麼？」

只見江無漾在季知節剛剛坐過的位置上坐下，道：「雲吞吧。」

得到他的回答，季知節便動手做了起來，江無漾的目光一直落在她身上，不一會兒，季知節便端著熱氣騰騰的雲吞出來。

她在他對面的位置上坐下，重新看起帳本。

李歡記帳清晰明瞭，沒什麼問題，等季知節全部看過一遍後，笑著問江無漾。「你猜猜這幾日咱們賺了多少錢？」

江無漾正看她看得入神，聽她這麼一問，才有些傻愣愣地問道：「多少？」

季知節伸出兩根手指頭說：「二十兩。」

簡直不可思議。

短短十幾日的工夫就賺了二十兩，一個月下來還不得有五、六十兩？季知節的嘴巴都快咧到後腦勺了。

這麼多？江無漾驚訝的同時，不得不佩服季知節的能力，他曉得她既會做飯又會賺錢，但沒想到能賺這麼多，看來很快就能買下這鋪子了。

然而季知節沒笑多久就停下來，撥著算盤道：「剛剛開業，孟九安照顧了不少，還有些人圖個新鮮，生意自然好，等時間長了，生意可能就會淡一些，利潤也會減少。」

即便如此，生意穩定下來還是能賺不少，季知節挺滿意的，給其他人工錢以後，她就要把錢全給攢著，以後開一間大酒樓。

江無漾專心吃著碗裡的雲吞，安靜地聽她說話。

等季知節說完，江無漾才道：「妳的吃食做得好，就算大家都嚐過了，生意也不會少到哪裡去。何況既然好吃，嚐過的人就更有意願當回頭客。」

季知節點點頭道：「也是。」

說完她的事，季知節問道：「瓷器那邊怎麼樣了？」

上次她聽孟百京說只給他們一個月的時間，現在已經過半，要是做不好，不知會不會連累江無漾。

孟百京這兩天不在錦城，也不曉得是不是有狀況。

江無漾道：「馬上就能送進去燒製了，應該不會有什麼問題。」

說完，他似乎還想說點什麼，但又閉上了嘴。

等瓷器完成後送入華京，他大概就會成為孟家的幕僚。在錦城的窯廠當官員不是問題，可若是去了華京，他的身分就就不能擺在明面上，只能在私底下活動。

到時他忙起來，跟季知節見面的次數就會變少了，然而這些話，江無漾不敢跟她言明。

「也是，若是不成，大公子也不好離開。」季知節合上帳本，見江無漾沒繼續吃雲吞，便問：「不合你口味嗎？」

江無漾搖頭道：「不是，妳做的當然好吃。」說著又吃了起來。

季知節一直坐在江無漾對面，見他吃了大半碗雲吞後，才開口道：「我跟表嫂商量了一下，現在鋪子裡缺人手，打算將採買的活計交給牛大爺做，你看可行？」

江無漾頷首道：「可以，牛大爺白日殺完雞之後，能做。」

季知節也是這麼想。在西平村時叫牛大郎代買的東西都有憑據，他做起事來可說是一板一眼，從不馬虎，採買的活計交給他正好。

牛大壯這孩子也是膽大心細，白天跟季暉一起在鋪子裡幫忙，下午不忙了才會跟李歡學讀書寫字，傍晚也是在鋪子裡幫了忙才會跟他爺爺一道回村裡。

拉拔這樣的人，季知節向來樂意。

本來這些事她自己就能作決定，但既然見到了江無漾，便想跟他說說，不然感覺他就像是這個家的房客而已，沒什麼歸屬感。

等瓷器燒製起來，江無漾就沒那麼忙了，每天還能幫季知節賣一會兒早餐，才往窯廠裡頭去。

無為隨孟百京回來之後，日日都在知食記這邊買吃食，跑得比自家酒樓還勤快。

「你們發現了沒？已經許久未曾下雨了。」

早餐忙碌的時間告一段落，季知節稍稍能喘口氣，就聽大廳裡頭的客人正在閒聊。

他這一說，季知節才發覺真的很久沒下雨了，上次還是剛來城裡的時候下的，之後天氣就一直很晴朗。

「這麼一說還真的是，這糧食的價格會不會漲啊？」另一人擔心地說道。

「不會吧，往年也有不下雨的時候，再說了，這不是還沒到下雨的時候嗎，過幾日說不定就下了。」

季知節瞄了瞄外面猛烈的日光，瞧這樣子，怕是近期都不會有雨。

江無漾回來的時候，鋪子裡正忙，他身上的衣服還未換下來，就幫季知節打包起雞肉來。

來買的都是窯廠裡的工人，見狀笑著打趣道：「江大人可真忙，剛從廠裡頭回來，就要幫季娘子了。」

「你懂什麼，江大人這是心疼季娘子得緊，不像你，一大把年紀了還是孤身一人，難怪你娶不上媳婦！」

「娶不娶得上要你管，我看季娘子跟江大人也還未成婚啊！」

那人說著「嘖」了一聲道：「就說你不懂吧，未成婚不是更要緊了嗎？」

季知節聽他們扯得越來越遠了，瞧了江無漾一眼，見他一副不想管、任由他們說的模樣，就對那幾人說道：「別胡說八道了，免得以後被人聽去，耽誤了江大人的親事。」

江無漾的睫毛微微動了兩下，手上的動作依然不停。

那人一聽道她這麼說，立刻反駁身邊的人道：「聽見沒有，季娘子都開口了，叫你們胡說八道！」

李歡在後頭喊季知節過去一趟，直到她走遠，最開始調侃起他們兩人的那人才低聲對江無漾道：「江大人這是跟季娘子還未定下？」

江無漾沒答腔。要說親事，兩人是早早就定下了，只是成婚嘛……怕是無望了。

那人惋惜地搖著頭道：「在我看來，江大人跟季娘子是天造地設的一對，未定下倒是可惜。我瞧大公子跟季娘子來往頗多，也是怕您被人捷足先登了。」

聞言，江無漾的眼眸低垂，教人看不出情緒。

季知節被李歡叫到後頭，剛進了院子裡，便見李歡一副神色緊張的樣子，牛大壯正站在她身後，也是一臉不安。

「怎麼了？」季知節有些不明所以。

李歡將手上的包子遞給她。「妳瞧瞧，這東西可眼熟？」

季知節拿過包子細細瞧了起來，又掰開來聞了聞。這跟鋪子的奶黃包模樣相同，只是味道不對，她做的奶黃包香甜，這個卻沒什麼味道。

「表嫂從哪裡得來的？」季知節問李歡。

李歡看著牛大壯道：「是大壯發現的，在咱們的蒸籠裡頭。」

牛大壯支支吾吾地說道：「我有點餓了，想去拿幾個包子吃，結果看見陳姊也在那裡，就沒敢過去。等她走了以後我去拿時，覺得這包子好像有點奇怪，就拿了出來，結果才剛拿出來就被婆子給抓住了。」

李歡點頭道：「事情發生之後我問了暉哥兒，他們倆打算吃點東西，才讓大壯下來拿。」

陳姊。季知節知道是誰，就是前幾天她剛找來的幫工，名叫陳玉娘。

牛大壯猶豫了一番後說道：「我拿出來的時候包子還是涼的，心想只有陳姊能將東西放進去。」

季知節點頭道：「我知道了。」

第四十二章 將計就計

牛大壯正想走開，就聽見季知節叫住他，還以為是自己偷拿吃食要挨罵了，不料卻聽她說道：「等等，你們不是要吃東西嗎，怎麼不拿點吃食走。」

「妳不罵我們？」牛大壯問道。

季知節笑道：「為什麼要罵，肚子餓了吃東西正常，只是下次直接去廚房拿就是，這裡都是正蒸著的，還沒熟。」

他們做奶黃包的量比其他吃食多，所以另外準備了一個灶放在院子裡，專門用來蒸奶黃包。

牛大壯笑著朝廚房跑過去了。

「妳倒是疼他。」李歡不禁說道。

季知節看了她一眼，道：「妳不疼？不疼就不必讓他在這裡等我，不就是想替他洗刷冤屈嗎？」

李歡笑了笑，不說話，她們多疼牛大壯，彼此都心知肚明。

「後面的事情妳打算怎麼辦？」李歡問道。

「就當沒發現，她既然有這種東西，說明背後有人，不放長線，怎麼釣大魚？」

「季娘子，您這鋪子最近可有分店？」正在吃飯的客人問道。

「除了城北那間客棧會賣些我們做的奶黃包之外，並沒有什麼分店。」季知節回道。

此時鋪子裡的客人不多，廚房裡的東西賣得差不多了，季知節正與江無漾在打掃。來吃飯的人是常客，從開業到現在每日都來鋪子裡消費。

客人一臉疑惑地說道：「那我怎麼瞧見別處也有賣奶黃包的？」

陳姊——也就是陳玉娘，正在那位客人身邊收拾桌子，聞言稍稍停頓了一下。

季知節看了她一眼，心下明白了幾分。她笑了笑，說道：「這也不奇怪，畢竟奶黃包大家都愛吃，加上做起來也不難，做的人就多了。」

客人卻搖頭道：「這我自然知曉，只是那奶黃包的外表跟這裡的一模一樣，就連味道也差不多。」

「材料就是那些，想來差異不會太大。」

季知節說著，眼神悄悄跟江無漾的對上了，只見江無漾對她輕輕點了點頭。

只見季知節又問那人。「我知道有幾家鋪子也在賣奶黃包，不知道您說的是哪家？」

「街尾徐家的鋪子。」

三更半夜，江無漾一身黑衣行走在屋頂上。

一陣磚瓦輕響過後，江無漾停留在街尾，輕輕一躍落進院中，屋內的人絲毫沒有察覺。

院子中有一棵高大的棗樹，樹葉發出一陣響動，江無漾的身影瞬間消失。

屋裡燈火通明，五、六個人正坐在桌前，手邊有灶火，正在上屜蒸著什麼東西。

那些人忙碌做個不停的食物，正是奶黃包。江無漾透過窗戶看向那幾個人，其中一個便是鋪子裡的幫工陳玉娘。

「玉娘，如今咱們這鋪子的生意越來越好了，包子可要多一些才夠。」陳玉娘身邊的男子徐偉催促她多拿些包子來。

陳玉娘面色一沈道：「我一個人哪弄得了這麼多，季娘子的方子我已經給你們了，可做出來的味道就是不如她，如今還要我繼續偷東西，若是被發現，你們可想過我的下場？」

徐偉對面坐著一位面色蒼白的婆子，與他瞧起來像是一家人。

那婆子對陳玉娘道：「這不都是為了咱們家好？當初妳跟著慧姐兒一起去應聘招工，可只有妳被選上，不指望妳能指望誰？如今兩個孩子都到了年紀，咱們這不都是想多賺些錢，讓他們去讀書？」

陳玉娘的臉色越發沈了，道：「說是為孩子考慮，可這種事遲早會被人發現，到時候你們讓孩子們如何自處?!」

徐偉表情無奈，不願再與她繼續糾纏，道：「我答應妳，過了這個月，妳就從那鋪子裡出來吧，到時候咱們家的生意已經穩定，味道差些又如何，照樣會有人來買。只要往包子下藥再放到那鋪子裡，讓人覺得他們家的東西不乾淨，以後就會來買咱們家的了。」

味道不如人也不是什麼大問題，賣得便宜些就能解決。

見丈夫肯讓自己離開知食記，陳玉娘便不再多說。

江無漾聞言卻是眉頭一皺。

院子裡一陣清風吹過，再一看，樹上沒了江無漾的蹤影。

季知節還在鋪子裡等江無漾，李歡也還沒睡。

瞧見江無漾回來，季知節連忙問他。「可發現了什麼？」

江無漾將自己所見所聞全告訴她們。

沒想到竟會有人偷拿鋪子裡的東西換成其他人做的，還好發現得早，要是真的被他們下了藥，知食記可就完了。

李歡不免有些心驚地問：「要不咱們去報官？」

衙門裡的人與江無漾交好，說不定能好好懲戒那家人一番。

季知節搖頭道：「咱們手上現在什麼證據都沒有，就算報了官，只怕他們反咬一口說我們誣衊。」

李歡憂心道：「那怎麼辦？總不能什麼都不做啊……」

季知節冷笑一聲道：「就先讓他們看看往吃食裡下髒東西會是個什麼結果。」

三個人商量到後半夜，終於作好了決定。

江無漾向窯廠告了兩日假，說是母親病了，好在現在窯廠那邊不忙，孟百京就批了他的假。然而看江無漾一副不擔心母親的樣子，孟百京便叫來無為，讓他盯著江無漾，看看到底是發生了什麼事。

「陳姊，快去後頭幫我拿兩籠奶黃包來，這邊不夠賣了。」季知節在廚房裡喊道。

聞言，陳玉娘迅速地朝院子跑去，院牆外，她的丈夫已經拿著包子在等她了。

陳玉娘將偷來的奶黃包放進早已準備好的袋子裡，朝院外扔去，喊了兩道「布穀、布穀」的叫聲，接著就有人將要替換的奶黃包從外頭扔進來。她忙將相同數量的奶黃包擺進灶裡，深怕被季知節發現，生出什麼意外來。

奶黃包在外面放得久了便有些涼，還得在灶上蒸個兩分鐘，陳玉娘守在這裡，動都不敢動。

過沒多久，牛大壯跟季暉一路小跑到院子裡，兩人正在打鬧，沒看見灶前站著人，陳玉娘也沒留意到他們。

季知節一直未曾見到陳玉娘回來，等了半晌，卻聽見院子裡傳來一聲大響，她立刻朝後頭跑去，留下在前面等候的客人。

沒多久，季知節一臉抱歉地來到前頭對客人們說道：「實在抱歉，院子裡正在蒸的奶黃包全掉在地上，不能賣了，煩勞各位明日再來買吧。」

這些人都等候了許久，聽見吃不到了，都覺得怪可惜的，有人問季知節。「季娘子，這是發生了何事，奶黃包怎麼會掉到地上？」

季知節嘆了口氣道：「都怪家裡那些孩子，整日打打鬧鬧的，竟是將蒸籠給碰倒了。」

「人沒事吧？吃食掉了不打緊，孩子可千萬別出什麼事！」

季暉常在鋪子裡幫忙，他個性活潑，常跟人打成一片，特別招人喜歡，客人不免為他擔心。

季知節道：「他們能有什麼事，倒是可惜了包子。」

客人們都笑了，有人說：「咱們買其他的就是，季娘子別責罰他們。」

沒了奶黃包，其他的東西就賣得快了些。等到無為過來的時候，就沒剩什麼吃食了，還好季知節單獨為他留了些奶黃包，打包好以後全讓無為帶走。

這一整日，陳玉娘都惴惴不安，總覺得知食記裡的情況有些反常。平常季暉跟牛大壯若是要玩，都會在樓上或是門外，怎麼今日會到院子裡，甚至將自己撞倒，還撞翻了蒸籠。

好在季暉眼明手快地抓住了自己，不然就要被燙著了，季知節過來瞧了以後也沒說什麼，只問她可有哪裡不舒服。

季暉將責任全都攬在自己身上，季知節並未責罰陳玉娘，甚至還為她請了大夫，確認人沒問題才放心下來。

快要收工時，季知節拿了兩百文錢給陳玉娘，道：「這錢妳就收著吧，今日是暉哥兒他們不小心，這些算是一點補償。」

陳玉娘心中大喜，忙向季知節道謝。「季娘子，真是太感謝您了。」

見狀，鋪子裡的客人紛紛開口。

「你們瞧瞧，這季娘子還真是體恤人，不像咱們幹活的地方，上面那些人慣會推卸責任。」

「妳跟著季娘子，真是有福氣。」

季知節聽了點點頭，卻一句話都不說。看著陳玉娘離開的背影，她輕輕勾唇一笑——這錢，總會讓妳吐出來的。

夜裡二更剛過，街尾的住戶大多熄了燈，誰知外面的吵雜聲越來越大，也越來越近。

陳玉娘正在家裡做包子，聽見外頭的動靜不小，她忍不住出去看了一眼，只見賴員外家的管家正帶著人出門，行色匆匆。

賴員外家就在他們隔壁的巷子裡，陳玉娘立刻跑上去問管家。「這是發生了什麼急事，夜裡還要出去？」

管家急得不行，道：「老爺跟夫人眼下腹痛得厲害，我給他們去請郎中呢。」

「這巷子裡不是有個郎中嗎，怎麼還要去外頭請？」陳玉娘又問道。

自家這個地方就有郎中了，大夥兒若是生病，就會去請他。

管家怎麼可能不曉得這件事，只道：「說也奇怪，老爺跟夫人一出事，我就讓人去請郎中了，誰知他卻被人給請走。還有，不只巷子裡的郎中，這附近的郎中今夜都不在，跟消失了似的。不跟妳說了，我要帶人再去別處看看！」

陳玉娘的婆母見不得她在外頭偷懶，朝門外叫道：「還不進來幫忙，在外頭杵著做什麼?!」

聞言，陳玉娘連忙回屋，思索了一番後，她問徐偉。「今日賴員外家可有買咱們家的包子？」

「賴員外這幾日都不是在咱們家買吃食嗎，有什麼好奇怪的？」

陳玉娘沈默了。不知怎的，她一顆心七上八下，總覺得不安得緊……

第二日天還未大亮，街尾便圍了不少人，徐家的人正睡得安穩，忽然就聽見一道沈重的聲音在外頭響起。「開門……開門！裡面的人都給我出來！」

陳玉娘被這聲音給吵醒，見天空還帶著夜色，披了件衣服就從屋子裡出來。到了外面一看，只見一大群官差正站在自己家門口，她詫異道：「官爺這是做什麼？」

門外的官差一副不願跟她多說的樣子。「徐偉可在？」

徐偉這個時候也醒了，他走到門口，一副沒睡醒的樣子，官差揮了揮手道：「將人給我帶走。」

一聽見這話，徐偉立刻清醒過來，問道：「官爺，到底發生了什麼事，好端端的，抓走草民做什麼？」

官差冷笑一聲道：「昨夜衙門接獲多起食物中毒通報，經調查，是因你家而起，如今大人懷疑是你投的毒。」

「投毒？官爺，就是您借草民十個膽子，草民也不敢！」

「是不是你做的，你說了不算，跟咱們走一趟吧。」

天微微亮，季知節打開了知食記的大門，客人們已經在外頭等上一會兒了，剛準備買東西，就見一大群官差將門口圍了起來，看上去著實有些嚇人。

帶頭的人季知節認識，以前在衙門裡見過，彼此算是熟人。

洪範對季知節態度算是恭敬。「季娘子，咱們大人正在衙門那邊等著您呢，麻煩您過去一趟。」

季知節有些不解地問道：「這是發生什麼事了，怎麼突然要我去衙門？」

洪範一臉為難道：「昨夜城裡頭好些人生病，症狀都跟中了毒似的，腹痛得厲害，就有人來報了官，大人調查了一下，得知這些人都在街尾徐家買了奶黃包。」

其他人聽了，頓時覺得莫名其妙，有人直接問道：「街尾的奶黃包跟季娘子有什麼關係？」

洪範繼續說道：「我早上剛剛去街尾將徐偉抓了起來，他一路上都嚷著那奶黃包是從季娘子這裡出去的，我這才過來請季娘子去問話。」

「我這裡出去的包子？」季知節先是一臉懵，隨即恍然大悟道：「這徐家，可是我那幫工陳姊的夫家？」

洪範點點頭道：「是，就是他家。」

「難怪今日不見陳姊來上工，既然如此，我便跟你們走一趟吧，正好看看到底是什麼事。」說完，季知節就要跟著洪範去衙門。

江無漾放心不下，表明自己要隨他們一起去，季知節交代江有清照看鋪子，才跟衙門的人一同離開。

無為剛好人在附近，聽見前因後果，轉身就進了窯廠，向孟百京報告了這件事。

孟百京用手敲打起了桌面，輕輕發出聲響。「我知道了。」

無為問道：「可要叫衙門那邊對季娘子他們客氣些？」

他這段日子算是看明白了，孟百京對季知節的態度與對旁人不一般，難怪二公子早就叮囑他要注意一點，不要讓這兩個人有過多的來往。

眼下季知節正面臨生死關頭，可大公子卻一副事不關己的樣子，倒是教他疑惑得很。

孟百京搖頭道：「這件事他們兩人自己會處理，用不著我插手。」

無為點點頭，正想離開，又聽見孟百京在他身後說道：「罷了，你去衙門那邊看著，有什麼情況，速速向我來報。」

季知節跟江無漾抵達的時候，衙門裡裡外外已經圍了許多人，見著他們兩個，紛紛讓出一條路來。

洪範將他們推到一旁道：「衙門辦案，都讓遠一些！」

走得越走近，季知節就越能聽清楚那淒慘的哭聲，只聽那人道：「大人，真的不是我們下的毒，就算是下毒，也是季家的鋪子，與我們沒有關係啊！」

季知節聽見那人的說話聲，笑著說道：「怎麼就成了是我們下毒了，難不成出事的奶黃包是從我鋪子裡賣出去的？」

聽到季知節的聲音，陳玉娘一愣，轉著身子朝後看去，正好瞧見季知節跟江無漾一道前來。

徐偉一瞧見了季知節，就指著她對饒啟南說道：「大人，就是她，包子是她家做的！」

季知節朝饒啟南跪了下去，問起她身旁的徐偉。「我與你素不相識，不記得你在我家鋪子上買過大量的包子。」

徐偉別過臉去。他只跟大人說自家的包子全是從季知節的鋪子上得來的，沒說是私下換出來的。

「季娘子貴人事多，怎麼會記得我這個人。」徐偉打著馬虎眼道。

「出事的聽說不下二、三十人，若是從我這裡買一、兩個，我不記得也正常，可這麼大的量，就算只買一次，也是我的大客戶，何況我聽你的說詞，是日日都在我鋪子裡買的，難道我會不記得？」

「喔，是我記錯了，不是我買的，是我叫旁人去買的。」

第四十三章　投靠郡守

饒啟南一拍驚堂木，道：「是叫何人所買，將人一併帶上來。」

誰知徐偉死活不肯說出那個人的名字，陳玉娘臉上更是青一陣、白一陣，跌坐在地上，忘了哭。

堂上安靜一陣子以後，季知節說道：「大人，人不是都已經在堂上了嗎，買包子回去的人，正是我鋪子裡的幫工陳姊。」

陳玉娘臉色煞白，將頭低下，饒啟南皺眉，喝斥徐偉道：「還不將真相速速說明?!」

徐偉心一狠，咬牙道：「大人，的確是我家娘子將季娘子的吃食給換出來的，可我們只是每日將季娘子鋪子裡的奶黃包給替換出來，並沒有下毒啊！」

他的話音剛落，便有人在外頭竊竊私語起來。「難怪我吃他們家的奶黃包味道跟季娘子家的一模一樣，原來是偷的。」

陳玉娘不敢置信地看著自己的丈夫，他就這樣將她給供了出來，這讓她以後如何在城裡立足？

「偷？可是我見他們家每天夜裡都在做奶黃包，怎麼會是用偷的？」

饒啟南看了陳玉娘一眼，道：「陳氏，妳說。」

陳玉娘苦笑一聲，怎麼也沒想到會落得如此局面，只道：「民婦的丈夫在街尾處開了一家糕點鋪子，只是生意不好，都靠幾個老主顧支撐。季娘子的鋪子開業後便一直在招工，民婦的婆母見她家生意好，便讓民婦與大姑一同前去應聘，好貼補家用，沒想到大姑沒應聘上，只有民婦在裡頭上工。

「鋪子裡若有什麼剩下的吃食，娘子都會讓我們幾個分了帶回家裡，夫家的人越吃越覺得能賺大錢，婆母便叫民婦盯著，想竊走方子。可是季娘子做吃食從來不用方子，還是民婦偶然見過江娘子的冊子，這才抄來奶黃包的方子，然而做出來的東西仍與季娘子的不同。

「於是婆母就想了一個主意，用自己做的奶黃包將季娘子做的換出來，這樣就能給夫家的鋪子招來生意。民婦只能按照她的要求做，只是她要的包子量越來越多，我們替換的數目也越來越大……」

陳玉娘說著，聲音忽然大了起來。「大人，我們真的沒下毒，要下毒也是季娘子他們下的，與我們無關！」

比起下毒這種事，偷盜的罪名顯然較輕。

「陳姊這可是一桶髒水潑過來，從我鋪子偷走的，就是我下的毒？」季知節也不怕。

「昨日鋪子裡一堆奶黃包都被撞掉了，沒得賣，這大量換了包子又是什麼說法？」

「對啊，昨日我想去買的，結果季娘子說沒得賣了，所以我沒買到。」有人在旁邊出聲道。

陳玉娘臉色一白，道：「昨日是我不慎將蒸籠碰倒，才讓奶黃包掉在地上，但那些掉落的包子已經是我替換過的。」

「這些全都是妳的一面之詞，說換了大量包子的是妳，說地上那些包子換過的也是妳，昨日大家都知道是我鋪子裡的孩子將蒸籠撞倒的，怎麼到妳這裡卻成了妳撞的？還是說，妳見我鋪子出了意外，才讓妳夫家倒打一耙？還有，雖然被撞掉了不少包子，但好歹賣過一些出去，大人不妨叫人過來問問，那些吃過我們奶黃包的人，可有什麼中毒的症狀？」季知節說道。

「沒錯，昨日鋪子裡能賣的奶黃包雖然不多，但是好歹售出了一些，怎麼不曾聽聞這些人說有毒？」江無漾站在一旁許久，這才出了聲。

「我吃了季娘子賣的奶黃包，沒問題啊！」

「昨天早上去上工的人也都買了，沒聽說有什麼事。」

「會不會是徐家想誣衊季娘子，才想出這種法子？」

「從剛剛到現在的話全是從他們嘴裡說出來的，這也作數？」

旁人紛紛替季知節打抱不平。

饒啟南看了江無漾一眼。江無漾雖不在衙門裡當差，但也是孟家最近的大紅人，他不敢得罪。

於是饒啟南對陳玉娘說道：「妳說的這些事可有證人？目前全是妳一人所言，不可信。」

「大人，民婦做出這等下作之事，怎會有證人在場？不過民婦絕對不會下毒！」陳玉娘磕頭道。

季知節冷笑一聲，道：「妳不會下毒，那妳家裡其他人也不會？」

陳玉娘一愣，不再說話。之前丈夫還說要在包子裡放藥，難道他放了？

她立刻朝徐偉看去。

徐偉見狀，頓了頓之後道：「草民家雖然需要錢，但也不會做出下毒的事情來。」

饒啟南聽了，心中頗為不快。「你們都敢用自家的貨換人家的貨了，下毒這種事，心一橫也不是不可能。」

徐偉頓時說不出話了。他確實是起過下藥的心思，只是暫時沒下手罷了。

季知節不願意跟他們在這裡耗，對饒啟南道：「大人，昨日知食記的奶黃包不只一般人吃過，連孟家的無為也來買過，若民女真的下毒，大公子也該有症狀才是。可如今吃過知食記東西的，無一人有此跡象，而一間仿冒、偷盜的鋪子隨便幾句攀咬，就想拉民女下水，恕民女不認。」

此時旁人又為季知節說起話來。

「季娘子的生意如今是城東一帶最好的，會不會是有人看不下去，想讓季娘子關店啊？」

「就是就是，說不定是徐家的鋪子不乾淨，才惹那些人身子不適的。」

饒啟南在人群裡瞧見了無為，無為朝他點了點頭，他便說道：「既然此事缺乏證人，便將徐家夫妻先行關押，日後再審，季娘子等人回去吧。」

「多謝饒大人。」

季知節跟江無漾人在衙門的時候，江有清焦急不已。

無為不在，孟九安替孟百京出來買吃食，瞧江有清在大廳裡走來走去的，便叫住她。

「妳能不能別再晃了，看得我頭疼。」

江有清沒好氣地說：「不想看就別看。」

這段時日下來，江有清跟孟九安比之前要熟得多，兩人見面時動不動就拌嘴。

因為擔心季知節與江無漾，江有清眼下實在是沒心思跟孟九安閒扯。

孟九安愣了一下，問在大廳算帳的李歡。「這是吃了火藥了？」

李歡笑道：「今天早上饒大人將四娘跟無漾給請走了，有清也是擔心他們，才跟二公子頂嘴，還請二公子莫要跟她計較。」

「饒大人？」孟九安疑惑。

他出門的時候的確見到饒大人正在審理案件，好像跟什麼下毒的有關，只是他對衙門辦案沒興趣，也不怎麼關注，倒是沒留意到季知節他們在那裡。

李歡點頭道：「說是知食記跟下毒案有關，不過咱們沒做什麼，自然不怕。」

孟九安點了點頭，看著江有清焦急的模樣，猶豫了片刻後道：「要不……妳跟我過去看看？」

江有清愣了一下才道：「真的？」

孟九安嗤笑一聲道：「難不成我還騙妳？」

兩人出了門，沒走兩步遠，就見季知節與江無漾走了回來，孟九安在他們身後不遠處瞧見了無為的身影，無為朝他搖了搖頭，示意他們兩人並無大礙。

總算見著了人，江有清快步地走上前去，前前後後仔細觀察了兩人一番，確認沒異常也沒受傷，這才放下心來。

見孟九安人在這裡，季知節不好說些什麼，只對江有清道：「饒大人是個好官，不會做出屈打成招的事。」

更何況如今孟百京也在城內，斷案結果全要交由他審核，城裡大小事他都會知道，季知節能肯定，就算孟百京知道是她做的，也不會插手。

季知節跟江無漾商量過了，這件事的真相會透露給孟百京，畢竟目前他們算是一根繩子上的螞蚱，主動將把柄交到他手上，算是向他表明忠心。

除了賀媛、鄭秋跟幾個孩子，家中其他人都知曉這次的計劃，江有清只得道：「沒事就好，鬧出那麼大的動靜，怪嚇人的。」

「好了好了，這不是回來了嗎？快回去準備中午的吃食吧，等一下又要忙了。」季知節將江有清往知食記的方向推，又朝江無漾點了點頭。

江無漾接收到了訊息，便朝窯廠走去。最新一批燒製的瓷器這兩天就要出來了，孟百京怕再生出些什麼意外來，一直在這裡守著。

孟九安也跟著江無漾回到窯廠裡。他看得出江無漾跟季知節好像在密謀什麼，等到回到廠裡，他就拍了拍江無漾的後背道：「你們兩個人搞什麼鬼，我都看出來了。」

江無漾本來就不打算瞞著他，只道：「毒是我下的。」

孟九安差點摔倒，還好他迅速將自己的身子穩住，滿臉詫異地看著他說道：「你不要命了?!若是被我大哥知曉，你——」

他頓時氣得說不出話來。

「這件事你跟我說也就算了，萬萬不得跟旁人提起。」孟九安叮囑道。

江無漾朝孟百京的房間方向道：「我不說，大公子就不知曉了嗎？」

孟九安被江無漾這話噎住了。也是，他大哥那裡不是想瞞就瞞得住的。

「你自己胡作非為生了事，難道要讓家裡其他人跟著你一起遭罪？江姑娘好不容易從流放當中保住了性命，你要讓她在這裡丟了?!」

江無漾的目光冷冷地落在孟九安身上，看了他半晌後才道：「我們家的事情自然由我操心，至於我妹妹，怎麼都輪不到二公子煩惱。」

說完，江無漾就朝孟百京的房間走去。

等江無漾從孟百京的房間出來時，已經過了正午，這次是他們第一次開誠布公好好交談，他也算是全身心投入了孟家的陣營裡。

季知節給江無漾留了飯，見他回來，便拿到他的房間去，問道：「怎麼樣，孟百京說了什麼？」

江無漾只道：「沒說什麼，這些事他早就已經知道了。」

「那你們說什麼說這麼久？」

江無漾猶豫了片刻後才說道：「他說等瓷器的事情處理好了之後，便要我去衙門裡幫忙。」

「衙門？」

江無漾點頭道：「這是為他做事的第一步。」

季知節壓低聲音道：「可是按照你的身分，去衙門不是太惹眼了嗎？若是被有心的人提起，整個萊州府都要完了。」

江無漾沈默了好一會兒，百般猶豫後，還是對季知節說道：「妳可知有多久沒下雨了？」

「雨？」

「除了錦城外，萊州其他城跟其他的州府，不少地方皆有旱情，而新帝他們絲毫不顧，剛登基就找各州討朝貢，要是旱情不能解決，這天只怕是要變了。」

季知節說不出話來了。她在這個地方待久了，便看不到外面的天，錦城以外的世界變成了什麼樣子，她也不知道，接收到的訊息，全部來自四方的食客。

聽到江無漾這麼說，季知節目光一滯，道：「所以，他們已有反心。」

「四娘，我——」江無漾還想說些什麼，卻沒能說出口。他手裡正捏著那半塊玉珮，明明作好了決定，也已經起了頭，後面的話卻是怎麼也說不出來。

季知節點點頭道：「我明白你的處境，既然已經下定決心了，那便放手一搏吧，跟著孟家才有機會回去華京不是？你放心，我會好好照顧姨母她們的。」

到了最後，江無漾依然說不出解除婚約的話，只對她點了點頭。

徐家的下場，當天下午有了結果。錦城四處都張了榜，告示上寫明，因徐家嫉妒心作祟，起了歹念，做出錯誤的示範，決定將徐家驅離錦城，以儆效尤。

這個判決證明了知食記的清白，令他們的生意比以前更火爆了。

月底那日，窯廠終於開了窯，聽工人們說這是難得的一批好瓷器，大公子賞了每個人一兩銀子，尤其是江無漾，獲得賞銀百兩。

其他人倒是不眼紅，他們心裡都很清楚，要不是江無漾的緣故，只怕現在頭都沒了。

拿了錢，工人們第一時間就到季知節這裡買點吃食，一是犒賞自己，二是為了謝謝江無漾，所以轉頭就將錢送給季知節。

瓷器一出廠，孟九安就帶著人馬前往華京，畢竟辛苦了這麼久，為的就是將瓷器送上去。

孟九安離開之前還來知食記這裡買了些乾糧。季知節與李歡看得明白，孟九安是在向江有清告別，她倒是不知道這兩個人什麼時候看對眼了。然而，看江無漾的態度，似乎並不喜歡孟九安。

江無漾回來時正好趕上大夥兒吃飯。他手裡拿著一個盒子，季知節原本以為裡面是孟百京給的賞金，可是當他一打開，她就瞧見裡面裝著一疊碗盤。

「當初做瓷器的時候還剩了些料，便做了些碗盤，跟著一起出了窯，大公子便讓我帶回來了。」江無漾將東西交給季知節。

「給我的？」

江無漾點頭道：「以後咱們吃飯就用這個吧。」

季知節仔細瞧著那些碗盤，上頭畫的圖案十分複雜，不像是一時興起，而是設計了很久似的。她點頭道：「那便多謝表哥了。」

江有清將碗盤拿去清洗乾淨，再用熱水燙了一番以後，就能用了。

等吃過了飯，季知節便準備分工錢給大家，今日她還特地叫牛大郎跟牛大壯留下，讓他們在城裡睡上一晚。

連著客棧給的工錢，江有清分到十兩銀子；李歡五兩；其他工人跟牛大郎各二兩；牛大壯跟季暉也各得了一兩，比起季知節當初說的工錢高出許多。

「這個月咱們賺了大錢，我自然不會虧待大家，若是以後生意都能如此，工錢只會多，不會少。」

所有人都向季知節道了謝，季知節也給賀媛與鄭秋各發了一個二兩銀子的紅包。一兩是季知節給的，一兩是李歡單獨拿出來的，她們兩人照顧孩子也辛苦，這是她的一份孝心。

每人都拿到了錢，除了江無漾。季知節打算等他離開的時候給他一筆大的，所以這次先不給。

等季知節收拾完桌子、漱洗完後正要回房時，就見到江無漾正站在她的房門外。

她問江無漾。「表哥有事找我？」

季知節為江無漾倒了杯茶，只見他將袖中的紙拿出來交給她。仔細一看，是她錢莊戶頭的票據，上面寫著銀子一百兩。

她不禁詫異道：「你將賞銀給我了？」

江無漾點頭。孟百京問過他的意思之後，直接將錢存進季知節的戶頭，又給了他這張單據。

季知節將單據交給他道：「這可是你的錢，我怎麼能要？明日你叫錢掌櫃還給你，若是不行，我就親自去錢莊取出來給你。」

她還沒給江無漾工錢呢，怎麼還拿上他的錢了？

第四十四章　民亂漸起

江無漾卻搖頭道：「本來就打算給妳，我沒什麼需要用錢的地方，吃住都是在鋪子裡，每個月還有俸祿，不用擔心我。」

「要是暫時用不上的話，你存進你的戶頭就是。」季知節說道。再怎麼樣也不能存在她這裡。

「四娘，眼下形勢越來越嚴峻了，妳要早些預備好才行，雖說錦城災情並不嚴重，但物價遲早會漲。」江無漾將自己的分析娓娓道來。

「竟是這麼嚴重了？」季知節有些意外。

江無漾點點頭道：「只怕現實會比想像中更加糟糕。」

季知節的神情也凝重起來。「我知道了。」

若是災情真的嚴重，只怕他們手上這些錢也應付不來。季知節只好將江無漾給的單據收起來，心想等災情結束再將錢還給他。

江無漾明日便要去衙門任職了，擔心他來往不便，孟百京在衙門裡為他安排好住的地方。

停頓了片刻後，江無漾說道：「以後晚上我不太會回來，不用等我了。」

季知節點點頭道：「行，那我叫大壯送些吃食給你。」省得他一忙起來，吃的、睡的全顧不上。

看著她堅定的神情，江無漾實在不好拒絕。

第二天一大早，季知節便去告訴牛大郎，自己要在城內找一座冰庫，將鋪子裡常用的東西都多備上一些。

牛大郎雖然不知道用意何在，但還是全照季知節的安排去做。

季知節趁有空的時候去查了一下錢莊的戶頭，裡面差不多存了二百兩左右。原本想著攢夠了錢就將鋪子買下來，現在錢是夠了，她卻不想買了。

她決定先攢錢應付災情，還要籌錢給江無漾上華京的時候用。

將東西買齊的那日，錦城裡米、糧、油的價格就漲起來了，只是暫時有衙門管控，漲幅並未太大。然而這些物品一漲，其他的自然而然地就跟著漲了起來。

季知節準備得相當充分，一時半刻還不打算給鋪子裡的吃食漲價，想過個幾天再看看。

江無漾已經有兩日沒回來了，季知節就想著自己今晚要給他送點吃食過去。

「這次旱情，聽說吳州府那邊最嚴重，天天大旱，連著顆粒無收，不少人都離鄉背井求生存了。」

「可不是，咱們錦城還能靠瓷器賺點錢，他們那裡只能靠莊稼過活，天不下雨，教他們怎麼辦？」

「吳州府離萊州府這麼近，這些人不會都跑到這裡來吧？」

「不用怕，吳州府直接歸華京管理，難不成華京不管那些災民嗎？」

「除了吳州府，婺州府的情況也不好，還是多虧他們府衙及時賑災，才將民怨給壓了下來，只是華京那邊叫人送過去的東西越來越多，只怕婺州府熬不了多久了。」

「唉，苦了吳州府的百姓了。」

吳州府？季知節聽著，心想或許吳州府就是個突破口。

季知節做了三菜一湯送進衙門裡。自從江無漾到這裡任職，便沒再回鋪子裡去，她已經幾日沒見過他了。雖然她每天都讓季暉送飯過來，卻不知道他吃了沒。

守門的人全認識季知節，見到她都會打招呼，季知節待人也很客氣，給了他們一盤糕點，問清楚江無漾在何處後，才轉身進了衙門。

衙門裡燈火通明、人來人往，季知節去了江無漾的住處，並未瞧見他的身影，等了一會兒也沒見到他回來，她便在衙門裡逛了起來。

季知節雖然不是第一次來衙門，但還是頭一回進到內院裡。衙門內部很大，沿著路走，便漸漸進入深處。

「我不同意，這件事情太過冒險了。」

直到孟九安的聲音突然傳來，季知節這才停住了腳步。她環顧四周，發現自己走到了不該來的地方。

正想往回走，季知節又聽見一個熟悉的聲音道：「我去。」

季知節不禁停下腳步。

「你孤身一人前去華京，太危險了，若是出了事，江姑娘跟季姑娘該有多難過？」孟九安勸說著江無漾。

他要去華京？

「若不去，怎麼跟以前的舊部聯絡？」江無漾對孟九安說道。

兄長以前在位時，有幾位忠心的謀士逃過一劫，在他被流放的路上替他掃清過障礙，只是兄長畢竟已經走了，他要親自去接觸一下，才能確保這些人能不能為他所用。

江無漾又對孟百京道：「這些人若是能用，對孟家而言無疑是添了生力軍。」

房間內一陣安靜，接下來就聽見孟百京說道：「那你路上注意安全，我會安排人接應你，若有危險，一定要先回來。」

季知節知道在那裡偷聽不對，卻怎麼都邁不開腳，直到看著江無漾跟孟九安從房間裡面出來為止。

江無漾瞧見她，表情驚訝不已。他知道剛剛的談話內容已經被她給聽見了。

孟九安對他搖了搖頭，轉身離開了，將空間留給他們兩個人。

季知節對著他笑道：「給你送了飯菜來，快些去吃吧。」

夜裡安靜，只聽得到幾聲蟲鳴，兩人朝江無漾房間的方向走去，一路無話。

回到房間，季知節才打開食盒，理面的飯菜還是熱著的。

江無漾的目光緊緊鎖在她身上，幾日未見，內心的思念更濃了些。

「今日怎麼是妳來了？」江無漾忍不住問道。

季知節將飯菜從食盒裡拿了出來，道：「姨母擔心你，我便過來瞧瞧，暉哥兒那小子，定是將東西放下就跑。」

江無漾聽了以後不吭聲，她說得倒是沒錯。

「妳要吃嗎？」見她坐在自己對面的位置上，江無漾問道。

季知節搖頭道：「出門的時候吃過了，等你吃完，我再將東西一起收走，免得明日再讓他們跑一趟。」

江無漾點了點頭，開始吃起飯來。

這兩個人各有心思，氣氛是難得的寧靜。

等江無漾將飯菜吃完，季知節就收拾了起來，江無漾則幫她的忙。

整理完以後，季知節正準備離開，便聽見江無漾在後方低聲道：「我會回來的。」

季知節不敢回頭，只是輕輕點著頭道：「好。」

她是不放心，但又有什麼辦法，這些事情，他遲早要做。

隔天開始，季知節就再也沒準備飯菜給江無漾了，季暉問了幾次原因，季知節都沒說，他不禁疑惑地問道：「你們兩個人鬧矛盾了？」

季知節不明白他為什麼會這麼說。

只見季暉指著她的眉頭道：「妳看妳這裡都快擰出水來了，愁眉苦臉的，一看就是跟人有矛盾了。」

不只季暉這麼想，李歡也覺得季知節怪怪的，昨日從衙門回來以後，季知節便沒說什麼話。

難不成是江無漾將那玉珮給她了？

見其他人均是一臉擔憂的模樣，季知節愣了片刻後，笑著說道：「你們瞎想什麼呢，昨日我去衙門的時候，聽見大公子有事情交代表哥去做，他這幾日暫時不在城內，自然就不用去送飯了。」

聽見這話，眾人才放下心來，季暉小聲嘀咕一句。「那妳這表情怎麼回事啊，跟要去送死似的。」

季知節心頭一驚，瞪了他一眼道：「胡說八道些什麼呢，我是擔心這次的災情，雖然東西備得夠多，但總是有用完的一天不是？」

說起這個，江有清對季知節道：「當初同咱們一起備貨的還有一些人家，我聽說有一、兩戶裡的冰庫好像遭了強盜，咱們可要防著點？」

還有這種事?!

季知節皺著眉頷首道：「自然是要防著點，城內的流民以後會越來越多，肯定會有人覬覦我們冰庫裡存的東西。」

說著，又對季暉道：「趕明兒你找幾個身手好的去冰庫裡守著。」

城內都出了冰庫被搶的事，季暉當然不敢懈怠，立刻找了幾個人守在冰庫裡頭，自己也跟牛大壯約好，兩人輪流管理冰庫的安全事宜。

這段時間裡，牛大壯也沒跟著他爺爺回西平村了，一直與季暉一起待在城裡。

糧食的價格越來越貴了，即使孟家有意將糧食的價格壓下來，但也沒能壓下太多。

錦城靠近吳州府，一時之間流民多了不少，原本城中的百姓就過得不安生，流民一多了起來，更是混亂不堪。

孟家原不願意接納流民，但礙於其他各大州府發難，不得已接受了一些，雖說只有一、兩千人，可也讓人應付不暇。

尤其是婺州府，原本災情就嚴重，又在華京的壓迫下接收了差不多半數的流民，婺州府上上下下頓時苦不堪言。

就在婺州府反的那日，江無漾終於回到錦城裡。

錦城也不太平，連著三日，季知節的冰庫均受到不同程度的偷盜，幸虧她準備得充分，並未遭受太大的損害。

只不過，自從流民來了以後，季知節的冰庫就越來越難守住。

其他有冰庫的人家都是有頭有臉的人物，面對流民挑釁，都加派了不少人手守著，可季知節這裡只有兩、三個人在，有時看顧不及，便會少些東西。

季暉今日剛吃過早飯便得了消息，冰庫裡的東西又少了些，聽人來報，是四、五個人結伴過來搶的樣子，他們慣會聲東擊西，讓人應付不來。

此刻季暉正在跟牛大壯商量，在想今晚是否要親自去冰庫裡守著。

季知節從他們身邊經過，問道：「又被偷了？」

只見季暉一臉洩氣地說道：「那些工人真是靠不住，這都是第幾回了？」

牛大壯勸慰道：「也不能怪他們，那些來搶東西的人實在沒辦法了，若不是真的無路可走，也不會到這一步。」

季暉悶悶不樂道：「我也知道，但我們的錢可不是大風颳來的，他們若是想要，大可憑自己的本事去賺，做出這種事情就是不對。」

是這個道理。牛大壯不再說什麼。

季知節思考了一會兒，對他們兩個說道：「你們今晚不必去守著了，他們剛剛得了手，這幾日不會再上門。你們過兩日再去，去之前向衙門借些人手，等人現身，再將他們給抓住。」

有衙門的人幫忙最好，季暉去尋劉祥貴，劉祥貴一聽是季知節的要求，當下就幫忙安排了十幾個人。

深夜，冰庫周遭都是守衛。

焦和不止一次帶人到這裡來，對負責守護這裡安全的人也頗為了解。他早就帶人在圍牆邊挖了個小洞，雜草能掩蓋那個洞，他們即使是查，也不容易查出來。

五、六個半大的孩子蹲在草叢裡頭，不仔細看，根本看不出裡面有人，焦和的目光在守衛身上遊走，以確保自己不會被人給發現。

焦和調查過，這個冰庫是一位姓季的娘子的，她開了間食鋪，這裡放著的都是她需要的食材。他敢來這裡，最主要的原因就她是個女人，還帶著一家老小，就算自己被她抓住，他也不怕。

「老大，伍正已經進去有一會兒了，怎麼還不見他遞東西出來？」

洞的另一端傳來窸窸窣窣的響動，焦和察覺裡面的動靜，朝裡面喊了一聲。「伍正？」

伍正是他們當中身子最瘦小的一個，只有他能鑽進這個洞。

焦和等了片刻，卻遲遲不見裡面有任何回應，他心中暗道一聲不好，對其他人說道：

「快走。」

誰知他們剛一動，便從洞內傳出一道聲音。「你若是就這麼走了，我可不敢保證會對你這位兄弟做出什麼事情來。」

話音剛落，便有十幾個帶刀的官差將他們團團圍住。

季暉抖了抖身子，從冰庫裡面走了出來，罵了一句。「真冷。」

他今夜多穿了幾件衣服，設法在這冰庫裡多待了一會兒，可實在是受不住。

牛大壯帶著官差從旁邊包抄，讓這幾個人無處可逃；季知節陪在牛大壯身邊，又為季暉倒了杯薑茶過來。

焦和自然知道他們是誰，就是這個冰庫的主人。

季暉手裡還拎著伍正，此刻他被五花大綁，嘴裡被東西堵住了，什麼話也說不出來。

焦和目光一沈，問季知節。「你們想幹什麼？」

季知節瞧著這幾個孩子，最大的也就跟季暉差不多，最小的只比江晚大不了多少，全瘦骨嶙峋的，臉色蒼白。

「就是你們幾個一直偷我這裡的東西？」季知節看向年紀最大的孩子，那人像是他們的頭頭。

膽子小的孩子緊緊抓著焦和的衣角，焦和捏了捏他的手，輕輕拍著他的背，柔聲道：「別怕，我會保護你們的。」

焦和鬆開他的手，擋在那些孩子身前道：「是我幹的。」

說著，他對上季知節的目光。

季知節朝他微微一笑道：「你可知偷盜被抓的結果？」

焦和絲毫不懼，面色沈穩道：「知道，輕者驅逐，重者砍手。」

此話一出，惹得他身後的孩子們驚呼起來。

「你既然知道，為何還要帶他們幾個做這種事，他們年紀還小，若是被抓，豈不是浪費了大好人生？」季暉不滿地對他說道。

焦和苦笑道：「像我們這種人，哪裡還有大好的人生，能活下去已是萬幸了。」

「你父母呢？」牛大壯問道。

焦和將臉別到一旁，良久後才道：「我是孤兒，沒有父母。」

他這麼一說，倒是惹得季知節沈思了起來。前世的她同樣無父無母，她不由得同情起了焦和。

「我聽你說話，像是讀過書？」季知節瞧焦和談吐不凡，便向他問道。

「曾經在學堂外頭停留過一些時日。妳問這些做什麼，要打要罰都隨便你們，主意是我出的，妳放其他孩子走。」焦和的表情很倔強，即使被人抓住，也不怯懦地攬下責任。

季知節點頭道：「行，他們都能走。」

聞言，焦和立刻對身後的孩子喊道：「還不快跑？」

霎時間，孩子們都跑開了，可那方才抓住焦和衣角的孩子卻不願意離開，在旁邊哭喊著。

「哥哥、哥哥……」

直到其他孩子將他拉走，消失在暗夜裡，焦和才慢慢收回視線。

季暉為伍正鬆綁，卻依然緊緊抓著他。

見狀，焦和質問季知節。「不是說好放他們走嗎？」

季知節低頭一笑道：「我只說將其他人給放走，沒說要放走這個，我若放走他，沒了人質在手上，你要逃豈不是容易得很？」

焦和瞳孔一縮。沒想到季知節看穿了他，他原就打算先讓其他人走，自己再找機會逃跑，他的身手敏捷，不是不可能成功。

他的目光定定落在伍正身上，只見他害怕得渾身發抖、眼眶通紅，一副被嚇壞的模樣。

這是因為自己失策，才讓他淪落到如此地步。

第四十五章　無辜孩兒

季知節不肯放了伍正，焦和也不敢逃跑。

「我老實跟你們走，你們就放過他吧，他膽子小，會被嚇病的。」焦和朝季知節說道。

季知節盯著他們兩人看，說道：「我瞧你們的膽子一點都不小。」

說完，她吩咐旁邊的人道：「將他們兩個都給我帶走。」

「阿姊，直接將他們送去衙門嗎？」季暉問道。

此話一出，他手裡的伍正差點往地上一癱，頓時大哭了起來。

季暉朝他吼了一句。「不許哭！」

伍正被他嚇得連大氣都不敢喘一下。

季知節搖頭道：「不用，找人將這洞給我堵了，他們兩個人先押回鋪子，關在柴房裡。」

雖然不知自家阿姊的用意，季暉仍老實地照著她的話去做。

江無漾一入錦城便先回到鋪子裡，此刻已是子時，鋪子裡還是燈火通明，江有清守在大廳等季知節回來，沒想到等著等著睡著了。

往樓上查看了一番，江無漾並未見到季知節的人影，便將趴在桌上的江有清叫醒。

江有清迷迷糊糊，瞧見江無漾的人，還以為自己正在作夢，嘀咕了一聲。「六哥？」

直到聽見江無漾的回答聲，江有清才徹底從睡夢中醒來，大聲喊道：「六哥，你回來了?!」

她怕將其他人吵醒，立刻壓低聲音道：「你怎麼現在回來了？沒提前給家裡打聲招呼？」

江無漾道：「事急從權，來不及說。怎麼不見其他人在家？」

只見江有清撇了撇嘴。什麼其他人啊，明明就是四娘跟暉哥兒不在而已。「最近冰庫裡的東西被盜了幾次，四娘帶著暉哥兒抓賊去了。」

江無漾點了點頭，正打算出門瞧瞧，江有清就拉著他道：「你剛進門就要出去啊，不等四娘回來？」

他說道：「我去冰庫看看是什麼情況。」

「不用你去了，四娘找衙門借了十幾個人，不會有什麼事的，你先去漱洗一下吧，瞧你這風塵僕僕的樣子，等會兒四娘回來瞧見了，說不定還要心疼你呢。」江有清打趣道。

江無漾一怔，一時之間竟不知該說些什麼才好。

「看你眼下的烏青，這一路是趕回來的吧。」江有清直接戳穿他。一回來就找四娘，只怕心裡念得緊。

江無漾被她講得說不出話來。

過了半晌以後，他才道：「我還是去一趟。」

江有清拗不過江無漾，只好由著他去，自己轉身上樓去睡覺。反正自家哥哥已經回來，季知節也輪不到她擔心了。

快到冰庫時，江無漾瞧見一行人押著人往自己這邊走。

季暉跟牛大壯帶著伍正走在前面，看著站在不遠處的人，他不敢置信地說道：「大壯，你看看那個人是誰，我是不是眼花了？」

牛大壯順著他的目光看去，道：「沒有，我瞧著好像也是江大哥。」

一聲「江大哥」讓季知節瞬間抬起頭望了過去，確認是他沒錯。

江無漾從看見他們起，便站在路邊等候。

季知節仔細打量著江無漾，他穿著一身黑衣，一副趕路趕了很久的模樣，臉色看起來非常疲憊，顯得有些蒼白。

她忍不住責怪江無漾道：「回來了怎麼不在家裡歇著，過來幹什麼？」

季暉跟牛大壯互看了一眼，很有默契地抓著手上的人直接返家。

焦和聽見官差跟江無漾打招呼，還叫他「江大人」，臉色更黑了。他竟然沒查到季知節跟衙門的人有關係。

江無漾與焦和的目光對了個正著，他問季知節。「就是他偷了冰庫？」

季知節點頭道：「我查到他不只是偷了咱們的冰庫，連附近幾處官宦人家的也偷過，只是從不偷第二遍，唯獨跑來咱們這裡好幾回。」

「倒是個會打算的，偷之前定然將是誰家的冰庫摸得一清二楚，誤以為妳與衙門沒關係，就會往妳這邊來得勤快些。」

兩人一起朝鋪子走去，季知節也覺得焦和頗為聰明，附和道：「是這麼個理。」

「妳不將他們送去衙門，而是選擇關在家裡，想做什麼？」江無漾問季知節。按照她以往的作風，抓到人便會送去官府，怎麼今日竟然要將人帶回家？

季知節見江無漾的眼神滿是疲態，嘆了口氣道：「這件事你就不用操心了，瞧你這模樣，怕是幾日未睡，先回去好好休息一下，再等幾天你就知道了。」

江無漾頓了頓，許久後才道了一聲好。

一行人回到鋪子裡，焦和跟伍正被關進柴房，門上了鎖。

季知節正打算為江無漾煮點吃食，想了想，她朝柴房走過去。

剛走到門口，就聽見裡面傳來了伍正的聲音。「老大，你不是說這食鋪跟官府沒往來嗎，怎麼我瞧季娘子像是跟他們熟得很？」

「我也不知道。」焦和不耐煩地回道，心情明顯煩躁得很。

這不奇怪，自從江無漾離開錦城後，季知節基本上沒去過衙門，加上孟百京這段時間也忙，沒在這裡點過什麼吃食，或許就是這樣，才讓他們以為她沒什麼人脈。

「咱們現在被抓住了，廟裡其他孩子怎麼辦？小盒子最近生了病，要是沒吃的，肯定熬不下去。」

季知節正要開鎖的手停了下來，只聽見焦和悶悶地說道：「我知道。」

伍正想了一會兒，道：「要不你跑吧，他們抓不住你，你走了，孩子們才活得下去。」

焦和驚訝道：「我走了你要怎麼辦？如今尚不清楚他們手段如何，要是為難你的話，那你──」

或許連命都會沒了。這句話，焦和說不出口。

伍正倒是不在乎地說道：「反正爛命一條，死了不也可惜，小盒子他們還小，沒你看顧著，到時就不只是一條命沒了而已。」

季知節聽著聽著，終究沒打開門鎖。

等江無漾漱洗後下了樓，季知節已經將雲吞煮好了，又叫牛大壯給柴房那邊送了兩碗過去。

季暉不解地問道：「怎麼還給他們吃？」

給了季暉一碗雲吞後，季知節說道：「人在咱們這裡，總不能出什麼意外吧。」

焦和正跟伍正說話，聽見外頭傳來一陣腳步聲，便閉上了嘴，一陣鑰匙聲響後，就見牛大壯端著兩個碗進門。

牛大壯將兩碗雲吞放在兩人面前，說道：「餓了沒，吃吧。」

伍正詫異地看著地上的雲吞道：「給我們的？」

「是啊，這麼晚了，你們也餓了吧，正巧季姊姊做了雲吞，也給你們送些過來。」牛大壯蹲在地上，視線與他平行。

牛大壯正背對著焦和，焦和眸光一閃，朝空無一人的院子看了一眼。現在是絕佳的逃跑時機，若是將牛大壯打暈，他說不定能帶著伍正一起逃走。

焦和身子剛剛一動，還沒動手，就聽見伍正小聲地哭了起來，對焦和說道：「她這突然給咱們送吃的，莫不是咱們要死了吧……」

伍正哭得大聲，打亂了焦和的思緒，霎時停下動作。

牛大壯卻是一笑，安慰他道：「你胡思亂想什麼，季姊姊人很好的，不會對你們怎麼樣。」

伍正卻不相信。「她是你姊姊，自然對你好。」

牛大壯搖頭，索性在他對面的位置上坐下來。「她是季暉的姊姊，不是我姊姊。我從前跟你們一樣，家裡窮，只能靠爺爺拉牛車跟姑姑賣雞還有雞蛋過日子。可季姊姊他們家不嫌棄我，季暉跟我做朋友，李歡姊姊也教我讀書，現在我還能幫季姊姊幹活，每個月都有工錢呢。」

「真的？」伍正有些懷疑地止住了哭聲。

牛大壯很肯定地點頭道：「我雖然不知道季姊姊為何會將你們帶回家，但她沒將你們交給衙門，就代表她不想傷害你們。」

聽見他說的話，焦和深思了起來。也是，她明明是跟著衙門的人一起抓人，卻沒將他們交給衙門處理，說不定是想要給點教訓而已，過幾日便會放他們走。

「你們吃吧，我先走了，明早我再來收拾。季姊姊做飯很好吃的，可千萬別浪費。」牛大壯見伍正不哭了，就要離開，臨走前特地囑咐道。

等門外響起鎖門聲，伍正就擔心地問焦和。「老大，你說這個季娘子會放我們走嗎？」

焦和端著地上的雲吞道：「或許會吧。」

伍正睜大眼睛看著他說道：「你真的要吃這東西嗎？」他還是有些害怕。

焦和吃了顆雲吞，還是熱著的，他邊吃邊說道：「忙了一陣子，倒是真的餓了，反正也沒什麼事做，不吃豈不是虧待自己？你嚐嚐吧，確實是挺好吃的。」

他這輩子還沒吃過這麼好吃的東西呢。

季暉跟牛大壯兩個孩子吃完雲吞就上了樓，江無漾在廚房收拾東西，季知節則靠在門框上問他。「你的事情辦妥了？」

江無漾背對著季知節，看不見她此刻的表情，只是點頭道：「辦好了。」

得到他的回答，季知節明白他們即將展開行動。他這才剛回來，說不定馬上就又要走了，以後要做的事情，會比現在的更危險。

見季知節沒說話，江無漾繼續道：「暫時不會這麼快就離開，等旱情嚴重些，各州都熬不住了，才更有成效。」

「婺州府的事，是你做的嗎？」季知節出聲問道。

過去這段時間以來，婺州府一直在忍，再多忍一下也不是問題，可他們這下反了，無疑是開了第一槍，讓華京那邊全力對付起婺州府。

等江無漾把手中的碗給洗乾淨，才轉過身對季知節說道：「不是我，是孟九安，他去了婺州府。」

「所以，這也是你們商議的一部分？」

江無漾點頭，面對季知節，他沒辦法說謊。

季知節頷首道：「我知道了，這些事情有你們處理，自然不用我操心，只是你要注意安全，家裡可是一直很擔心你。」

江無漾慎重地點了點頭。

第二日，季知節領著季暉跟牛大壯去其他孩子躲藏的廟裡。

焦和當然不可能供出他們躲在哪間廟，不過想在錦城找出那些流民可能的藏身地點，倒不是難事。

昨夜在洞外的那些孩子們一瞧見季知節，表情頓時有些害怕，只是他們沒逃走，而是努力想將什麼給遮住。

季知節走過去，瞧見他們圍著的地中間躺著個兩歲左右的孩子，他身體瘦弱、臉頰凹陷，臉色紅得異常。她伸手朝他的額上探了一下，發現熱得讓人心驚。

一個孩子將她的手給打掉，季知節的視線對上了一雙凶狠的眼眸，她平靜地對著孩子們道：「他發燒幾日了？再不給他治病，會死的。」

焦平在季知節面前將那孩子抱起來，他年紀不大，抱起這麼一個孩子，整個人頓時搖搖晃晃的。「要妳管！」

其他孩子的眼神滿是戒備，有人語氣不善地說：「東西是我們偷的，跟小盒子沒關係，妳要抓就抓我們！」

見他們如此防著自己，季知節嘆了口氣道：「誰說我要抓你們了？」

「如果妳不是來抓我們的，怎麼不見老大跟伍正回來?!」

這倒是讓季知節不知道該怎麼說了。

見那孩子的呼吸越來越急促，季知節怕耽誤病情，正想說話，沒想到卻被人給打斷了。

「啃，焦和那臭小子竟然一夜沒回來，是不是不要你們了？」

焦平臉上頓時露出憎惡的表情，將小盒子交給其他人看顧，說道：「大毛，你再胡說八道，等我老大回來了，就去撕爛你的嘴！」

大毛譏諷一笑道：「老子早就打聽清楚了，你們昨夜去偷東西，那個臭小子被人給抓住，估計現在命都沒了，還會回來管你們？」

季知節挑眉。瞧這大毛，就是一副小混混的模樣。

「你——」焦平實在氣不過，但大毛說的又是事實，一時之間想不出要怎麼反駁他。

大毛朝身後揮了揮手，隨即走出十幾個人，都是在破廟裡避難的孩子，年紀比起焦平等人稍微大一些，他說道：「將他們給我趕走，以後這破廟就是咱們的了，尤其是那個小盒子，給我扔遠一點，病了這麼久都沒好，莫不是什麼傳染病吧？」

季暉算是看出來了，這是兩個群體在搶地盤，大毛打不過焦和，等焦和一不在，就立刻欺負起他的人，季暉看不慣，想出手幫焦平他們。

不過季知節卻將季暉拉住，對他搖頭道：「這件事今天你能幫一次，後面呢？能次次都幫嗎？」

兩人正說著話，有人便過來要將小盒子給搶走，抱著他的人本就比搶的人小，哪裡是他的對手，沒兩下小盒子就被人搶去。

那人將小盒子抱著就要往門口扔去，季知節大驚，叫了聲。「大壯，快救孩子！」

這要是落在地上，只怕小盒子的命就要沒了。

焦和的人火速朝小盒子跑過去，地方沒了不要緊，小盒子可千萬不能出事，不然他們不知道該怎麼跟焦和交代。

等孩子們都跑過去，就見牛大壯接住了小盒子，他只覺得懷裡的人燙得厲害。

大毛這才注意到了季知節，挑眉道：「這焦和什麼時候招惹了這麼漂亮的小娘子。」

季暉攔在季知節身前道：「再看，小心我將你的眼睛挖出來！」

大毛見他們衣著不凡，不像是與他們一路的人，不敢再出言不遜。

季知節帶著季暉走了出去，牛大壯看見她便說道：「季姊姊，再不帶這孩子看病，只怕要不行了。」

這件事刻不容緩，季知節點頭道：「帶去給郎中瞧瞧吧。」

見牛大壯抱著孩子就要走，焦平攔在他身前道：「你不能將小盒子帶走！」

牛大壯氣不打一處來，說道：「怎麼，你想讓焦和回來的時候，看見一具屍首嗎？」

焦平愣在原地，牛大壯不想耽擱，迅速離開破廟。

季知節先回了鋪子裡，差不多到了傍晚的時候，才看見牛大壯回來，他的身邊還跟著那些孩子。

沒瞧見小盒子，季暉問大壯。「小盒子可好些了？」

牛大壯搖搖頭道：「現在還未退熱，我將他留在醫館了。」

季暉朝他身邊的孩子們抬起下巴，問道：「他們怎麼都跟著你？」

牛大壯不好意思地撓著頭道：「我答應他們，帶他們來見見焦和。」

說著，牛大壯又問季知節。「季姊姊，可以嗎？」

「你自己拿主意就是。」

牛大壯知道季知節不會怪自己，也明白她不會為難這些孩子，否則就不會讓他帶著小盒子去看病了。

等牛大壯將門鎖打開後，孩子們一擁而上，朝柴房裡面擠了進去。

焦和與伍正剛好在吃晚飯，焦平帶著人就衝了進去，焦和先是愣了一下，待看清來人後心頭一驚，手中的筷子差點掉在地上。

伍正被嚇得打起了嗝，說起話來斷斷續續。「你們、怎麼、怎麼來了？」

第四十六章　人盡其才

焦平等人看著他們碗裡的大雞腿，震驚地待在原地無法動彈。

還是焦和率先反應過來，將碗放在地上道：「你們也被抓進來了？」

焦平的目光遲遲不能從雞腿上移開，他身邊一個怯生生的小姑娘指著焦和碗裡的大雞腿道：「焦和哥哥，你們關在這裡就吃這個嗎？那妞妞也想被關進來。」

一聽這話，焦和愣住了，將碗裡的雞腿給了妞妞。「妳吃吧。」

妞妞從他手上接過雞腿。「謝謝焦和哥哥。」說完就毫不猶豫地吃了起來。

伍正也將自己手上咬了一口的雞腿給了焦平。「你吃吧。」

他中午時就吃過一隻雞腿了，如今當著朋友們的面，不好再吃。

焦平這才將視線收了回來。

此時門外響起一聲輕笑，江有清跟季暉兩人正帶著飯菜過來，瞧見他們的舉動，江有清笑著說道：「別急，每個人都有份。」

他們兩人手上端著的每份飯菜當中都有一根雞腿，她原先還不明白季知節留著這些雞腿不賣是為了什麼，看了眼前的情況，才知道她是特地留給這些孩子們的。

「你們先吃，不夠就跟暉哥兒說，會再給你們拿來。」

說完，江有清便帶著牛大壯還有季暉離開了。

「你們都是被姓季的抓住的？」一行人在地上圍坐成一個圈，焦和沈著臉問道。

焦平迅速扒著碗裡的飯，邊吃邊說道：「沒有沒有，是大壯答應帶我們來見你們的。」

「季姊姊是好人。」妞妞吃了雞腿，覺得季知節人不壞。

其他孩子聽了也點頭，焦平又道：「還有，小盒子——」

一提起他，焦和忙問道：「小盒子在哪？」

焦平回答道：「小盒子這段日子反覆發熱，大壯帶著他去了醫館，等我們探望過你，再去醫館陪他。多虧了季娘子他們，不然今天大毛帶著人就要把小盒子給扔出去了。」

說實話，焦平挺感激他們的。

焦和將手裡的碗重重地放在地上，咬牙切齒道：「大毛！」

他不過一天一夜不在，大毛就這樣帶人欺負起自己的人，等他出去，定要給他好看。

可是眼下他還被困在柴房裡，焦和不免擔憂道：「廟被大毛占據了，今晚你們住在哪裡？」

城裡稍微好一點的避難處都被流民占走了，他一時之間想不出還有什麼能容身的地方。

「大壯說，暫時在這裡給咱們尋間屋子。」妞妞說道，她往這間柴房裡頭看了一圈。「我瞧這裡也挺好的。」

焦和拿她沒辦法，壓低聲音道：「妳知不知道在這裡就跟坐牢一樣，沒了自由。」

妞妞不明白焦和說的話是什麼意思，她的眼珠子在門口轉了幾圈，道：「可是，季姊姊並沒將咱們關著啊。」

焦和愣住了，目光隨即朝院子裡看去，柴房的門是打開的，還能看見天邊的星星，院子裡也沒人守著，他們要走隨時都行。

由於實在擔心小盒子的安危，焦和對其他人說道：「咱們一起走吧。」

季知節跟江無漾兩個人站在二樓的窗戶邊，看著下面一群小不點正在爬院牆，只有焦和的身手俐落些，其他人年紀都還小，爬牆的動作怪異且艱難。

看著眼前的情況，季知節發出一聲輕笑。

江無漾看了她一眼道：「妳這分明是想將人放走，怎麼不直接向他們說明？」

季知節關上窗，走到桌前為自己倒了杯水道：「焦和這個人心思重，我若是直接說明，他會以為我有所圖，但他自己走，可就不一樣了。」

江無漾隨她坐下道：「他會知道是妳故意放走他的。」

季知節搖頭，不贊同他的話。「那也是他自己想清楚的。」

「我不太明白，妳幫這群孩子是為了什麼？」

站在江無漾的角度，流民的數量龐大，幫又能幫到什麼程度呢？

季知節喝了口水，沒立刻回答江無漾的問題。她不過是想到自己小時候，雖然同樣無父無母，可有孤兒院的人能照顧自己，而他們，卻被整個社會拋棄，她難免不忍心。

除了這原因，其實她還有個打算，而這件事情非常需要人手。

季知節想了想以後，說道：「我想做件事，要很多人幫忙，只是目前的計劃還不太成熟，等我想好怎麼做，再跟你說。」

江無漾點了點頭。

不知怎麼的，錦城內的流民突然起了一場亂鬥，衙門派出好些官差才將動亂鎮壓住。

這場亂鬥發生時，一些人家中遭竊，丟了不少東西，吃食跟珠寶都有，不少人都報官了，只是衙門裡人手不夠，令江無漾有些分身乏術。

連著調查了好幾日，江無漾才找出了動亂的源頭，看著在大牢中關押著的焦和與大毛，他頭疼不已。

沒想到焦和的本事不小，那夜跑回去之後，竟然找人一起對付大毛，將廟搶了回來。大毛不服氣，兩個人你來我往，陣仗越弄越大，不少人趁亂打家劫舍。那些丟失的貴重物品倒還好查，吃食之類的東西自然是找不回來了。

夜裡起了風，季知節看著天空，低聲道了一句。「要下雨了。」

婺州府起義之勢越來越猛烈，連華京派去鎮壓的軍隊也壓不住，華京本就內耗嚴重，又無實權在手，其他各州瞧見情況，接二連三地起事。

光是一個婺州府反了就難以應付，何況是幾個州府一個接著一個來。

孟百京正在跟江無漾商議事情，孟九安就從外頭進來對江無漾道：「季姑娘來了。」說著，他將手上的食盒放在桌子上。

江無漾正要出去，就聽孟九安繼續說道：「別去了，人已經走了。」

聞言，江無漾的身子一頓，看著空無一人的院子。

孟九安將吃食拿了出來，又道：「她託我給你帶句話，要你明日有空回去一趟。」

江無漾點點頭道：「我等會兒便回去看看。」

孟九安聳肩道：「她特地囑咐過了，是明日。」

看著從食盒中拿出來的吃食，孟九安陷入了沈思，看了看在場的人之後，悶悶不樂道：「她倒是記著你們的口味，做的吃食都顧著你們，怎麼不特地做幾道我愛吃的菜？」

江無漾這才留意到那些食物——四道菜，兩道是孟百京愛的甜品，兩道則是自己常吃的清淡料理。

孟百京將飯菜放在孟九安面前道：「反正你不挑食。」

江無漾心頭一滯。季知節對孟百京挺好的，仔細回想起最近的吃食，好似都是按照孟百京的口味做的。

越想心中越鬱悶，江無漾等不及明日才回去了，他現在就想過去。

然而等飯菜一吃完，風就越來越大，不一會兒便下起瓢潑大雨，擋住了江無漾回程的腳步。

看著密密麻麻的雨滴，眾人連日來壓抑的情緒獲得紓解。這旱情，要結束了。

江無漾隔天一大早就回到知食記，鋪子外圍了許多人要買吃食，雖然旱情期間生意也不錯，但比起之前差了一些。

下了一夜的雨，大夥兒心裡都高興，出來買些吃食慶祝一番。

季知節忙得抽不開身，江無漾洗過手便進廚房幫她。他們以為人不會很多，準備的吃食量也不大，很快便賣完了，季知節答應他們中午多做一些，客人們才肯離開。

兩人等忙完之後上了樓，季知節就問江無漾打算怎麼處置焦和。

季知節很少過問衙門裡的事，江無漾愣了一會兒才道：「妳想救他出來？」

只見季知節搖頭道：「前幾日我跟你說的，那個不太成熟的計劃，如今我決定做了。」

「什麼事？」江無漾沒想到焦和跟這個計劃有關。

季知節整理了一下自己的想法，說道：「你知道什麼是外賣嗎？」

「外賣？」江無漾不解。

「尋常咱們要打包吃食的話，要先去鋪子裡預定，接下來要麼是店家送到家裡，要麼是到了時間再自己去拿，是吧？」

江無漾點點頭。

「但是這個外賣不一樣，外賣是足不出戶，也能讓店家將吃食送到府，相當於跑腿。」

季知節從開鋪子起就在盤算這件事。在後世，外賣要靠平臺，那在這裡，什麼能與平臺有類似的作用呢？

從見到焦和他們那個時候起，季知節就忽然想到，沒什麼人比乞丐跟流民更了解城內，他們穿梭在每個角落，對各家各戶的位置再清楚不過。

加上流民一多，乞丐的人數也隨之增長，如此便能形成一個巨大的通訊網絡。

江無漾思索了一下後，說道：「你是打算利用焦和他們來做外賣？」

「對。」季知節眸光一亮，她就知道江無漾懂自己。「焦和有領導的才能，這次的動亂不就是他們帶起來的嗎，若是運用得宜，他能將這個網絡控制好。」

「我想過，現在城裡的流民沒什麼事能做，這個計劃要是能成功，也算是利民的一件大事，你看看是否可行？」季知節問道。

江無漾點頭道：「我覺得可以，只是這件事還需要跟孟百京商量看看。」

說起孟百京，江無漾目光晦澀地看了季知節一眼道：「妳這個想法不錯，為何不直接對孟百京說？」

季知節搖頭道：「原本只是個想法而已，也不知可不可行，你同意以後，我才覺得能成功，何況你初入衙門，尚無什麼功勛在身，若是可行，也算是立了功。」

江無漾的視線落在季知節身上，久久不曾言語。

回到衙門之後，江無漾將這件事對孟百京說了一遍，孟九安恰好也在，聽了以後直道：「這個外賣的想法不錯，只是流民不好控制。」

他是個商人，能明白季知節的想法，這的確是個賺錢的好法子。

「目前正關押大牢裡的焦和曾受過她的恩惠，若是她開口，他會聽話的。」

「焦和？就是那兩個挑事流民中的一個？」孟九安問道。

「是。」

孟百京從聽到提案開始便未說話，像是在認真考慮計劃的可行性，聽見江無漾說起季知節跟焦和的關係，便道：「那就讓季姑娘試試吧。」

「好，我去同她說。」江無漾點頭。「只是有兩點與大公子言明在先，一是她做事時衙門不可過於干涉，二是這件事要立個憑據才行。」

孟九安不解道：「她這是何意？」

然而孟百京卻是一笑，問江無漾。「這是你的意思，還是她的？」

江無漾眉一挑，毫不避諱地說道：「我的。」

此事原是季知節的主意，效果不如預期便罷，要是做得好了，惹人眼紅，生出是非來可不好。

孟九安詫異道：「這還要什麼憑據？」

見狀，孟百京笑著搖頭。傻弟弟啊，人家是在防著咱們眼紅，搶走這門生意呢。

「這是孟百京寫的?!」季知節驚訝地問道。她看著上頭的紅色印鑑，仍舊不敢相信。

江無漾輕笑了聲，道：「這是萊州府印鑑，作不了假。」

季知節怎麼都沒想到江無漾竟能要到這憑據，這代表外賣一事由她全權負責，連孟家都不能插手。

季知節高興地伸手抱住了江無漾道：「你可真是太厲害了，這都想得到！」

她明白江無漾是在替她考慮，不然光憑自己，可要不來這憑據。

江無漾表面上雖然是一副冷靜自若的模樣，然而他的耳朵卻出賣了自己，不過季知節只顧著開心，完全沒留意到江無漾此刻的樣子。

季知節很快就鬆了手，將憑據還給江無漾道：「你先幫我收好，我去一趟大牢。」

大牢裡原本就陰暗潮濕，加上昨夜下過雨，牆腳到處都是水漬。

乾枯的稻草上此刻躺著一個人，他安穩地閉著雙目，對面則有一個人正怒視著他。

焦和閉著雙眸，對在地上坐著的大毛冷聲道：「若是不服，再來打一架，要是你打贏了，這個位置就給你睡。」

大毛冷哼道：「鬼才跟你打。」

焦和輕笑了一聲，不再說話，安心閉目養神。

外頭傳來獄卒的腳步聲，手裡拿著一大串鈴鐺響的鑰匙，對著裡頭的人道：「你，給我出來。」

焦和睜開眼，就見到獄卒用手指著自己，焦和坐起身來，目光平靜道：「審也審過了、罪也認了，你們還要做什麼？」

獄卒將門鎖打開，不耐煩地回道：「要你出來就出來，哪來這麼多廢話，再這麼磨磨蹭蹭的，小心老子揍你！」

大毛接著他的話道：「就是，沒見過這麼刺頭的人，是該要好好揍他一頓才是。」

焦和從裡面走了出去，獄卒重新將門給鎖上，對著裡面的人道：「你也給我閉嘴，小心一起挨打！」

大毛頓時閉上了嘴，焦和對獄卒伸出雙手，獄卒看了他一眼，示意他往前面走。

焦和這才發現他竟不打算拴著自己的手。

「你這臭小子，也不知道走了什麼狗屎運，遇上了貴人。」獄卒說道。

焦和聽不懂獄卒的話。他哪裡認識什麼貴人？

這話大毛也聽見了，他立刻來到欄杆旁道：「什麼意思？有人將他贖出去了？我也要出去，快些將我也放了！」

獄卒隔著欄杆一鞭子甩到了大毛身上。「叫你閉嘴，再多說一句，就等著挨打吧你！」

焦和頓了頓，問：「敢問是什麼人？」

「想知道是什麼人，你自己去瞧瞧不就知道了。」獄卒有些不耐煩地說道。

獄卒直接將他帶去外頭，外面的日光正盛，地上還有未乾的水跡，焦和半瞇著眼，望著那身穿鵝黃色衣衫的少女。他怎麼都沒想到，來救自己的人會是季知節。

「季娘子，人給妳帶過來了。」獄卒對季知節很客氣，她手上拿著江無漾的印信，是自己得罪不起的人物。

「多謝大哥了。」季知節朝獄卒謝道。

獄卒將人帶給她便離開了。焦和錯愕地站在原地，怎麼都無法相信自己就這樣出來了。

季知節見他一動也不動，便對他說道：「怎麼，還想進去嗎？」

「妳為何將我弄出來？」焦和道出了自己心底的疑問。

他的身分，說得好聽點是逃難而來的流民，說得難聽點就是街邊的乞丐，他不明白季知節為什麼費盡心機將自己從牢中救出來。

季知節看著他道：「你想在這裡說？」

衙門外人來人往的，不是個說話的好地方。

見焦和不說話，一副「妳不說，我就不跟妳走」的架勢，季知節嘆了口氣道：「因為我在你身上看見了從前的自己。」

焦和一臉的不以為然。他清楚地知道她根本跟自己不一樣，然而季知節的視線卻透過他看到了從前。

第四十七章　暗表心意

「說出來你可能不相信，但這是我的真心話，只是從前的我比你幸運，有人幫我度過了最艱難的時光，而你們沒有。所以我想要像那些人教我的那樣，幫助跟我有類似經歷的人。」

這是孤兒院的院長教給她的。院長是她人生中最明亮也最柔和的光，她也想成為像院長那樣的人。

焦和最終還是跟著季知節走了，只是他們沒去知食記，而是去了孩子們棲身的破廟裡。

小盒子已經被他們給接回來了，身體恢復正常，他看著季知節，怯生生地躲在焦和身後。

季知節從牛大壯嘴裡知道了他們兩人的關係——小盒子是焦和的親弟弟，兩人原本跟著父母一起逃難，只是父母沒能熬過來，中途失去了性命。

其他人則是焦和一路上撿來的、跟他有相同問題的孩子，唯獨焦平不一樣。焦平從小就是個乞丐，沒自己的名字，是焦和見他被其他乞丐欺負，出手救了他，又為他取了名字，焦平便一直跟在他身邊了。

如今其他孩子已經不害怕季知節了，見到她來，都對她親切地喊了聲。「季姊姊。」

焦和平靜地問道：「季娘子到底要我做什麼？」

季知節摸了摸妞妞的頭道：「同你做生意。我近期打算在鋪子裡新增一種服務，便是將吃食直接送到客人手中，讓客人體驗足不出戶便能吃到東西的感覺。」

「這與我又有什麼關係？」焦和不解。「還是妳想讓我幫妳送貨？」送貨這種事不是誰都能做嗎？為何她還要費盡心力將自己從大牢裡面撈出來？

季知節搖頭道：「不，我想讓你幫我管理整條產線。」

「讓我管？」焦和相當詫異。這個季知節會不會太看得起他了？

「我只問你願不願意？」

季知節敢來找焦和，便是料定了他會答應，他身邊還有這麼多孩子，不能這麼一直渾渾噩噩地過下去。

焦和沒想到她會把這個責任交給他，卻答應得痛快。「願意自然是願意，只是——」

他話沒說完，季知節便笑著說道：「願意就成，其他少不了你們的，每日完成訂單後，鋪子裡會管飯，若是送得多，還會有工錢。」

伍正簡直不敢相信。季知節做的飯菜他吃了兩天，那是他這輩子吃過最美味的東西，能吃上就讓人心滿意足了，單子送得多還有工錢，豈不是賺翻了？

他拉了拉焦和的衣袖，小聲道：「會有這麼好的事？」

焦和猶豫了一下道：「還有什麼要做的？」

「還有一件事，光是送貨可不夠，我需要你聯絡城中的乞丐，讓他們遍布各個角落，若是有人要點吃的，就由他們跟你們說一聲，將消息傳到我的鋪子裡，你再找些手腳俐落、梳洗後看起來乾淨點的，由他們將吃食給送過去。上面說的這些人全要聽你的話，你做得到嗎？」

上述的工作內容，季知節跟江無漾不一定能找到合適的執行者，雖然焦和並非本地人，卻能找到人與他一起對付大毛，看來有幾分本事。

焦和點頭道：「可以，妳說的管飯，能作數？」

季知節頷首道：「管，只是有數量要求，傳消息的每三單可以換取一個饅頭，可以先拿饅頭，再累計訂單量。」

光是管好這些人就很不容易了，所以人員管理全交給焦和，訂單計數則交給牛大壯。

「行。」焦和爽快地應道。他沒必要管季知節的計劃是否可行，只要她管飯，他的人就能活下去。

見焦和答應自己，季知節話鋒一轉道：「口說無憑，還要立個字據才行。」

焦和伸出手就要寫字據，最後才發現這個地方並沒有紙筆，霎時尷尬地收回手。他這樣一個小流民識字，也是因為他父親的教導，只可惜他走得太早了。

季知節笑了笑，道：「明天你帶著準備好的人去衙門找我，外賣這件事我與衙門也簽了憑據，用人皆要登記造冊。」

次日申時，季知節不忙的時候便走到衙門外，老遠就見到焦和帶著一大群人在門口蹲著，要不是江無漾提前跟衙門這邊打過招呼，只怕大家還以為又要來一場動亂呢。

季知節數了數，到場的差不多有五十人左右，現在才剛剛開始，這個人數差不多，等生意好起來，還要再多加些人手。

等登記完之後，焦和讓五個人留了下來，問季知節。「季娘子覺得這些人送貨可行？」他還記得季知節的要求，要看起來俐落跟乾淨點的。

季知節見人數並不多，問道：「只有這幾個嗎？」

雖說應該應付得來，但到了飯點的時候，難免會手忙腳亂。

焦和臉色一紅，問道：「季娘子覺得我跟焦平怎麼樣？」

季知節輕輕一笑，他倒是會為自己打算。「還不錯，那人數差不多了，你們去找大壯領點錢買新衣服，記住，一定要保持乾淨整潔。」

焦平領著人興高采烈地走了，沒想到季知節竟然還會讓他們買衣服。

至於焦和，他並未跟他們一起走，而是留下來單獨跟季知節待在一起，他問道：「季娘子可還有什麼其他的要求？」

「你讓他們收拾一下東西，今晚起便搬到知食記裡住吧，當初你待的那間柴房收拾出來了，夠你們幾個住，在鋪子裡守著才方便做事。」

此話一出，焦和倒是有些猶豫。他也明白有吃、有喝、有住的日子最好，只是他不免擔心小盒子跟其他孩子。

季知節明白他的顧慮，說道：「柴房旁邊還有一間屋子，原是堆放雜物的，眼下也收拾好了，你叫伍正帶其他人過來住吧，這樣你也能安心做事。」

當夜，焦和便帶著人搬進知食記住，院子裡一下子多了好些人出來，怪熱鬧的。衙門最近有急事，江無漾沒回鋪子裡住，季知節猜測他不久後就要隨孟百京回萊州府了。

果然不出季知節所料，夜裡她正算著帳，便接到衙門的官差傳來的消息，萊州府出了變故，江無漾隨大公子離開錦城，興許要年前才能回來了。

他們要做的事情季知節不是很懂，只是想到又要很久不能見到江無漾，她心裡就空蕩蕩的。

不過季知節要忙的事情很多，轉瞬間便將這件事給壓在心底了。

外賣的服務剛推出來，勇於接受新事物的人並不多，推出三天了，靠著外賣做成的生意一單都沒有，季知節並不急，但是焦和心裡卻挺著急的。

其實這種全新的點餐跟送餐方式才剛開始，沒人使用很正常，然而季知節的饅頭卻一點都沒少。

雖然她說過饅頭可以先拿，之後再用訂單補上，可是對焦和而言，完成訂單才配拿人家的饅頭跟工錢，若是一直這麼白吃白住，他的心裡可過意不去。

錦城的主幹道上有四十幾個流民跟乞丐守著，凡是在衙門裡登記過的，身上均有一張牌子能證明自己的身分，只是他們的身分讓食客不敢輕易嘗試。

季知節並未多說什麼，只在城裡各處張貼告示，也在鋪子門口豎起招牌，問的人是多，但尚未開張。

焦和內心不安，問季知節。「季娘子，若是這生意長久如此，妳打算怎麼辦？」

白拿人家的是一回事，焦和更擔心讓那些人重新回到原來那種生活，是自己給了他們希望的，他很怕這個希望破滅。

季知節看起來一副毫不在意的模樣，道：「這幾日只管宣傳就是，剩下的便是等了。」

「等？」

季知節點頭道：「要想讓人接受，除了宣傳，還要靠天意，讓他們願意試一試。」

她說得不清不楚的，焦和聽不太懂，但又不好意思再問。

外賣這件事，季知節根本不怕不成功，在後世，外賣已經融進每個人的日常，是為生活增添幸福感的一種方式，相信這裡的人接受起來也很快，只是需要契機而已。

眼看天氣日漸轉涼，或許沒多久就要變天了。

知食記的生意依舊好得很，外賣總算在第五日有了第一單，代號二十四的小哥興沖沖地朝鋪子跑了過來，老遠便聽到他的叫喊聲。「有了有了，終於有生意了！」

此時焦和正在大廳幫季暉上菜，反正閒著也是閒著，不如在鋪子裡幫忙。現在殺雞也不用著牛大郎跟牛大壯了，在院子裡住著的幾個孩子手腳俐落得很，動作也比他們倆快了不少。

聽到外面傳來的這聲叫喊，焦和心頭一喜，放下了手中的吃食，轉頭問道：「是哪裡點的？」

代號二十四跑得上氣不接下氣，道：「衙門點的，說要季娘子準備三菜一湯，晚飯的時候送過去就成。」

根據他們的宣傳，餐點送到時客人才給錢，所有吃食的價格都跟鋪子裡的一樣，客人不用多出一分錢。

牛大壯拿著紙筆隨李歡在前檯記下點餐對象跟內容，還將代號也寫進去，方便結算吃食與工錢。這幾日他隨李歡學算帳，李歡對他頗為誇獎，直說他是個好苗子。

這可是第一筆外賣生意，其他人都好奇地詢問是衙門裡的誰點的，代號二十四卻搖著頭道：「不知道，是官差傳話的。」

焦和點頭道：「那好，晚上我送過去。」

季知節一聽就大概知道是誰使用外賣服務了，左右不過是孟九安。她斜睨了身旁的江有清一眼，見她正專心地做著菜，完全沒被這個情況干擾。

見狀，季知節在心裡嘆了口氣。連她都看得出孟九安的心思，怎麼江有清一副沒察覺的樣子。孟九安最近往這裡跑得勤快，每次來都要與江有清拌幾句嘴，瞧著跟歡喜冤家似的，這次只怕是覺得她的外賣生意沒進展，才出手幫忙。

「衙門那邊會是誰點菜？」不只他們幾個感興趣，鋪子裡的客人也是好奇得很。這幾日知食記的外賣宣傳滿大街都是，連三歲的孩童都知道有這麼一回事。

「是不是劉大人？」有客人猜測道。

劉祥貴也是這裡的常客，偶爾休沐時還會帶著家裡的人一道過來，在這裡吃飯的人常會遇見他。

「我聽說二公子最近也在城裡，是他吧？」有人抱持不同的意見。他每次過來幾乎都會聽見有人來替二公子點餐，直接送進衙門裡。

「是吧，二公子經常叫外食送入衙門。」

「叫流民跟乞丐送吃食，只有季娘子想得到，只是他們身上不太乾淨……」這人說得小聲，也是怕被大廳裡的其他人給聽見。

焦和垂著頭，安靜地站在鋪子門口。他耳朵靈敏，早就將客人的談話聽了進去，即便換上了新衣服，可內心卻自卑極了。

季知節瞧見焦和的模樣，走過去拍了拍他的肩頭道：「怎麼這就氣餒了？還沒真正開始呢，總有一天他們會接受的。」

傍晚時分，焦和將衙門白天點的吃食送過去，他甚至提前洗了澡，生怕別人覺得他不乾淨，進而影響了季知節的生意。

向衙門外的人道明來意，官差確認過食盒裡裝的確實是吃食之後，便讓焦和進去了。

焦和頭一回進入衙門的內院，他下意識認為這是孟九安點的。這幾日焦和見過孟九安幾次，覺得他性格直率，是個豁達的人。

然而進了內院裡，卻不見孟九安的身影。

此時除了廊下的燈，就只有一個院子燈火通明，焦和壯了壯膽子，朝那裡走過去，剛進入院子，正要到屋門口，就被人從身後給叫住。「你幹什麼的？」

焦和頓時停住腳步，恭敬地回身朝那人道：「這是知食記的吃食，白日下的單，此時送過來了。」

「喔。」

來人只應了一聲，等人走到眼前，焦和才抬頭打量起對方來。那人年紀不大，但是氣勢冷峻，尤其是胸前抱著一把長劍，看著讓人心驚。

無為從焦和手中接過食盒，給了他一些錢道：「東西我收下了，你同季娘子說，明日三餐再給衙門裡送些吃食來。」

焦和接過錢應了聲，回身時剛好吹起了一陣風，門簾晃動，讓他看清了在屋內端坐的人。

此人面容極佳，手持書卷，眉眼溫和，讓人一見就印象深刻。

「還不快些走？」無為催促道。

焦和不敢再看了，快步離開衙門。

在他離開之後，孟百京便喚道：「無為。」

無為進了屋，將食盒擺在桌子上，問孟百京。「大公子匆匆從萊州府趕到錦城，就是為了點這吃食？」

季知節的手藝是不錯，他吃過這麼多家的吃食，就是她做的最合自己的口味，但大公子也不至於千里迢迢趕來點餐吧？

孟百京輕聲說道：「你不懂。」

無為撇了撇嘴，心道：是我不懂，還是您自己不懂？知道錦城這邊外賣的生意停滯不前，就特地趕了回來，連江無漾都沒告知，不就是心裡打著什麼如意算盤嗎？

然而這話無為可不敢明說，只道：「好好好，屬下不懂，您匆忙趕回來是為了推動外賣服務，可不是為了季姑娘這個人。」

孟百京聽了無為這番話，表情絲毫未變，端起了手中的碗道：「食不言。」

「屬下還沒吃呢。」無為不滿道：「既然是為了這件事，為何不與季姑娘言明您是想幫她？」

孟百京動了動筷子，停了片刻後道：「她遲早會知道。」

焦和回去知食記的途中下起了雨，雨不大，他冒著雨衝往鋪子裡，好在回得及時，剛進門雨勢便突然大了起來，豆大的雨珠直擊地面。

雖說回來得及時，不過焦和的衣衫還是被雨打濕了，季暉一看見他，就給他倒了杯熱茶，問道：「可看清是衙門的誰點的吃食？」

「左右不過是二公子跟劉大人，焦和身上都濕了，你好歹讓他先去換身乾淨衣裳吧。」牛大壯對季暉說道。

季暉心想是這個道理，便道：「現在鋪子裡有咱們幾個就夠了，你先去洗個澡換衣服，免得著涼。」

焦和卻搖了搖頭，逕自走到廚房外對季知節道：「我瞧了瞧，不是二公子也不是劉大人，我沒見過那位公子，不曉得他是什麼人，但他既然在衙門內院，身分定然不凡，季娘子肯定認識。」

說著，焦和將拿到的錢交給李歡，又道：「他身邊有個抱劍的侍衛，說明日三餐照樣送吃食進衙門去。」

李歡跟江有清互看了一眼。抱劍的侍衛？是無為？所以……點外賣的人是孟百京？他不是去了萊州府，怎麼會在錦城裡？若他們回來了，怎麼不見江無漾？

第四十八章　大膽表白

季知節聽見焦和的話，點點頭道：「我知道了，記得通知所有人，明日不管是晴天還是下雨，務必在位置上等著，說不定生意就要好起來了。」

天雨的時候來鋪子裡的客人就會比較少，看著門外，季知節心想這雨只怕會下很久。

焦和點頭應了聲，才轉身進入院子裡。季知節為他們所有人都備了蓑衣，就是為了下雨的時候用，而焦和為流民跟乞丐們選的駐點都能遮風擋雨，倒也不怕淋濕。

這場雨下了整整一夜，到了第二日白日天仍在下，雨勢忽大忽小，讓人無法隨意出門。

平常到了辰時路上就會人來人往、好不熱鬧，今日除了兩、三個趕路的，都未見到什麼人，連到鋪子來買吃食的人也少了許多。

等上工的人買了東西離開以後，鋪子裡就沒什麼生意，一群人唉聲嘆氣地坐在大廳裡，瞧著人數比客人還多一些。

李歡正算著這幾日的帳，看見這場景，忍不住道：「瞧瞧你們幾個，這麼無精打采的。」

尤其是季暉，他臉上滿滿的煩悶。原本鋪子裡的生意還算不錯，養這麼多人不成問題，可是生意一差，他就為季知節擔憂，光是這些人的吃食就要花不少錢，他怎麼能不擔心呢？

「這不是發愁嘛，雨一下起來沒完沒了的，什麼時候會停啊，鋪子裡都沒什麼客人。」季暉抱怨道。

李歡輕笑了一聲道：「我倒是希望雨下得越久越好。」說著，她跟季知節互看了一眼。

季知節跟著笑了起來。李歡倒是看得清楚，雨下得越久，才能突顯出外賣的好處。雨到現在還在下，連出來賣菜的人都沒有，尋常人家都是每日準備當天的食材，就算想出來買菜，此時也沒人賣。

家裡沒吃的，總不能餓著肚子，總是會想起他們的外賣服務來。

幾人正說著話，就見到負責點餐的人正冒雨往這邊跑來，所有人的目光都朝那人看去。他一臉興奮地直接衝進鋪子裡喊道：「有生意了！城北街上有人點餐！」

牛大壯剛剛記了單子，外面又跑來一人，前後不出一盞茶的工夫，就連著有三單上門，每張單子都點了不少吃食。

季知節看著單子上的點餐對象，記得這都是常來她這裡吃東西的商賈。

尋常人家家裡或多或少備著乾糧，不過商賈大多走南闖北，總是在外頭吃。

李歡看著這景象，對季暉道：「生意這不就來了嗎？」

不管是幾單，有了生意就很好，季暉高興得差點沒從椅子上跳起來。

快到飯點的時候，點單的人越來越多，焦和等人有些忙不過來，季暉跟牛大壯就去幫忙跑腿，直到未時才稍微輕鬆點。

李歡將一個早上收的錢算了一下，對季知節道：「別看這買的不比在鋪子裡賣得多，錢還真不少。」

江有清好奇地看了一眼道：「有多少？」

李歡伸出兩根手指頭。

「這麼多？」江有清驚訝道。

季知節笑著說道：「也不稀奇，咱們鋪子平常是糕點賣得多，而外賣大多都是靠料理，錢自然就多了。」

江有清坐在椅子上道：「乖乖，要是天天有這生意就好了。」

「以後會慢慢做起來的。」季知節很看好。

直到夜幕降臨，雨勢才轉小，此時街上的人逐漸多了起來，雖然過了飯點，但知食記裡的客人還是不少。

季暉他們幾個人都去忙了，鋪子裡一時之間只剩幾個婆子在，上菜的速度不禁慢了些。

眼下來吃飯的大多是住在附近的人，有人對李歡道：「李娘子，今日怎麼不見你們那幾個小夥子在，上菜速度有點慢了。」

李歡略帶歉意道：「實在是不好意思，今日點外賣的多，幾個小哥都跑腿去了，鋪子裡的人手有些不夠，再加上單子多，廚房裡頭也有些忙，還請多擔待。」

那人聽了，有些詫異地說：「有人點外賣？」

李歡點頭道：「有，還不少呢，下了一日的雨，家裡沒備著吃食的，就點了一些。」

正說著，就見一個穿著蓑衣的人朝李歡跑過去，將地址與菜色報給她，李歡寫好菜單就遞給廚房，出來以後又對那人道：「這不又來了一單？」

「生意這麼好啊……」那人忍不住咂舌道。

在他身邊坐著的人聽了，說道：「我今日白天試了試這外賣，挺方便的，原先擔心讓乞丐送來會不乾淨，不過送餐的是常在這裡見到的幾個小夥子，沒什麼問題。」

其他人這才了解情況，紛紛說趕明兒要試試。不用出門就能點來家裡吃，還不用加價，何樂而不為？

孟百京返回萊州的時候已經是子時，剛踏入州府內，便聽見侍衛來報——江無漾已等候他多時。

這兩日江無漾被孟百京派遣公務，想來是找他匯報工作。

孟百京不敢耽擱，逕自朝書房走去，書房的門開著，他剛到院門口，就見江無漾正坐在裡面喝茶。

自己的書房允許江無漾自由出入，這是給予他的特殊權限，也是信任他的一種表現。

「事情辦得如何？」剛踏入書房內，孟百京便問道。

見孟百京進門，江無漾對他行禮後說道：「青州府已經答應，若是起事，定會附和。」

江無漾做事，孟百京自然放心，他點頭道：「好，再去聯絡賀州府，若是他們也願意，咱們就直上華京。」

有江無漾這張牌在，孟百京不擔心各州不依附。他乃先皇之子，有最純正的血統，打著他的名義起事，再合適不過。

此話一出，江無漾倒是沈默了。

見他沒反應，孟百京問道：「可還有事？」

其實孟百京心裡不解，這件事江無漾可以明日再報，為何要在這裡苦苦等他？

江無漾停頓了片刻以後，反問孟百京。「大公子可是去了錦城？」

孟百京表情不變，也不打算騙他。「是。」

「敢問大公子為了何事而去？」江無漾問出心底最想知道的事，但又有些害怕。

孟百京對上江無漾的視線，緩緩開口。「你既已明白，何苦追問。」

見他不否認，江無漾苦笑一聲，道：「大公子對自己的感情倒是毫不避諱。」

「為何要避諱，認清自己的感情，是尊重自己與她。」孟百京反駁。

江無漾站起了身來，朝孟百京行禮道：「還請大公子准下官三日假期，等下官問清楚她的想法，不管到時結果如何，下官都願隨大公子直上華京。」

夜長夢多，江無漾得了假後不敢耽擱，連夜趕回了錦城。

抵達時已是白日，鋪子裡人流眾多，加上外賣的優點展現出來以後，點單的人多了起來，知食記裡裡外外都忙。

季知節看見江無漾，不禁一愣道：「表哥？怎麼這時候回來了？」

江無漾一瞧見她，一顆心便不受控制，他想說些什麼，但見到周圍人多，實在不好開口。

季知節見他欲言又止，便對他說道：「等一下不忙了我再去找你，看你這模樣，又沒休息好吧，先去歇一會兒。」

見江無漾回來，季知節是高興的，但更多的是擔心，忍不住催他去歇息。

江無漾內心也是煩悶，索性上了樓，先去探望賀媛與鄭秋。

她們兩人正帶著孩子在房間裡做衣裳，做的速度不快，但是並不急，做好之後再穿就成。如今有錢能買成衣了，做衣服不過是打發時間。

江無漾回到房間後往床上一倒，卻怎麼都睡不著，滿腦子都是季知節與孟百京兩個人的事，胸口堵得慌。

鄭秋方才瞧江無漾臉色不對，對賀媛說道：「我怎麼瞧那孩子有心事的樣子，是不是發生什麼事了？」

她都看出來了，賀媛怎麼看不出來，她從床底下拿出給江無漾做好的鞋，道：「我去瞧瞧他吧。」

江無漾正閉著眼思索，便聽見一陣腳步聲，賀媛在外頭喚著。「六哥兒，我做了雙鞋給你，你試試合不合適。」

從床上坐起身以後，江無漾把門給打開，賀媛手上正拿著雙鞋。

賀媛進了房間便將門給關上，將鞋遞給江無漾道：「試試。」

這不是母親第一次為自己做鞋，他的尺寸母親自然知曉，於是江無漾道：「母親來可有什麼事情？」

送鞋，不過是她的理由而已。

賀媛嘆了口氣道：「你的表情藏不住心事，跟母親說說，可是發生了什麼困難？母親雖不能替你解決，但或許能開導你。」

江無漾頓了頓，對自己的母親說道：「許是這次歸家之後，兒子便要上華京了，若是能手刃仇人活著回來，再來給母親敬孝。」

聽到這話，賀媛眼淚便流了出來。「當初無波死之前就告誡過你，叫你不要將仇恨記在心裡，只是你聽不進去……這麼久了，母親還是勸不住你，你的心結太重，唯有自己解開才是。若是大仇不得報也成，母親只希望你能活著回來，其他什麼都不要。」

見母親落淚，江無漾心裡也不好受，可要是這件事不做，他便不得安寧。為什麼自己還活著，大哥卻死了呢？

更何況，新帝終究不會放過他們，過得不好，他們才能活下去；要是過得好，他不曉得新帝會放任他們到幾時，到時或許還會連累季家。

江無漾心意已決，賀媛勸不動他，只是見他神色依舊凝重，心下不免明白幾分，問道：「你這次回來，可是還為了四娘？」

或許四娘才是讓他返家最重要的原因。

江無漾見瞞不過母親，便點點頭道：「我想與她解除婚約，如今前程未明、生死難料，總要給她一個交代才是。」

賀媛同意道：「雖然咱們兩家現在相處得好，但確實要處理妥當。你們兩個雖不將訂親一事看得重要，卻要走個流程，將關係理清。」

經過這段時日，賀媛已是看得明白，不少人都喜歡季知節，只是礙於江無漾的身分，不敢向她表達感情。

雖說贊同兒子作的決定，但賀媛見他分明一副捨不得的樣子，便道：「只是要解除婚約，也得先問問四娘的意思，若是她中意你，又該如何？」

「中意我？」江無漾愣住了，重複了一遍賀媛的話。

從江無漾的角度看來，季知節對他與對其他人並無兩樣。

賀媛點頭道：「別看四娘一副精明的模樣，她對感情的事還是一竅不通，或許她自己都不了解對你是什麼感情，但時間長了，總歸會懂的。」

季知節忙完來找江無漾的時候，江無漾已經睡了一小會兒，跟賀媛聊過之後，他內心舒坦了些。

敲了敲門，季知節見裡面無人應答，還以為江無漾正在休息，打算等他醒了以後再來，剛想抬腳離開，就見門從裡面打開了。

休息了一下，江無漾的臉色好看許多。

季知節問：「可要吃些什麼，我去做給你？」

眼下她才想起江無漾從進門到現在都沒吃東西。

「沒關係，我不餓。」江無漾搖了搖頭，說話的聲音有些沙啞。

季知節為江無漾倒了杯水，放在他面前道：「說吧，找我什麼事。」

等江無漾說完，自己也有事想跟他說，她想聽聽他的建議，免得下次再見面不知道是什麼時候。

「我——」江無漾頓了頓，表情有些猶豫。

見季知節耐心地等他繼續說下去，他像是下定決心一般，沈聲道：「等回萊州府後，我就要上華京了。」

季知節愣住了，她沒想到江無漾會同她談這個，有些結巴地說：「你……你們可有把握？」

江無漾搖搖頭道：「生死大事，何來把握一說。」

若是成了，便可得天下；若是輸了，左右不過命一條。

這件事江無漾心心念念許久，如今真的要去做了，季知節實在擔心得很。「不管結局如何，能活著回來便好。」

其他的話，一時之間她也不知道該怎麼說。

江無漾點點頭，伸手摸著袖子裡的半塊玉珮，心一橫，終是拿了出來，放在季知節面前的桌子上道：「這是當初妳我訂親時季伯父給的，原本妳我各半，但妳的那塊在來的路上便被人給搶走了。」

季知節知道這件事，除了那根髮簪，信物還有半塊玉珮，只是流放期間不幸遭搶。當時原主很傷心，覺得對他們的婚事來說不是什麼好兆頭。

江無漾繼續道：「原本就要還妳，只是一直擱置，如今我要走，再留著這個也沒什麼用，此刻歸還，從此妳我之間，再也不受婚約限制。」

他還拿著早早就備好的解除婚約書給季知節，信封上那幾個大字，讓她久久沒能緩過勁來。

季知節的喉頭有些哽咽，怎麼都說不出話。

兩樣東西整整齊齊地放在桌面上，房間內的空氣彷彿凝滯了一般，令人連大氣都不敢喘一下。

江無漾的目光牢牢定在季知節身上，生怕自己不能將她的一舉一動深深烙印在心底。

良久後，江無漾才道：「妳可知此次孟百京來錦城是為了什麼？」

季知節搖搖頭道：「是為了外賣的事情嗎？」

江無漾沈聲道：「是為了妳。」

「我？」季知節語氣中帶著些許不解。孟百京為什麼要為了自己來錦城？

「他喜歡妳！」

江無漾的話猶如驚雷在季知節耳邊炸開。孟百京喜歡自己？這不可能！

季知節不敢相信地說道：「不會吧？」

江無漾苦笑一聲道：「我也希望這不是真的。」

換成是其他人，他爭一爭，或許還贏得過，但對手是孟百京，他沒把握。

季知節還沒從「孟百京喜歡自己」這個訊息中恢復過來，怎麼想都覺得不可思議。她思緒不集中，沒注意到江無漾話裡的暗示。

江無漾喉頭一動，道：「四娘，我——」

聽見江無漾叫自己，季知節回過神來朝他看了過去，只見他雙眸微紅，欲言又止。

猶豫了一會兒，他終是下定決心道：「若是日後我能夠活著回來，四娘可願意考慮我？」

說這些話時，江無漾整顆心都在劇烈顫抖。話一出口他便有些後悔了，可要是不說，不曉得還有沒有機會。

季知節總算明白江無漾的意思了，大腦差點當場起火爆炸。「你喜歡我?!」

「是。」江無漾察覺自己的嗓音有些顫動，但回答得毫不猶豫。

他接著說：「我將這些東西給妳，並不是代表我不喜歡你，相反的，我喜歡妳，只是想給妳選擇的機會。這些話原本應該等我回來後才跟妳說，但我覺得需要給妳考慮的時間，所以四娘，妳仔細想想，可好？」

江無漾到最後已是近乎哀求，季知節不知該如何對他說才好。

她一直認為江無漾會找到更好的姑娘，沒想到他竟會喜歡上自己。

「可我……並不覺得自己很好。」在感情這方面，季知節對自己不太有信心。

第四十九章 兒女心事

江無漾搖頭道：「妳很好，比任何人都好，妳性格開朗陽光，對生活充滿期待，還感染了身邊的人。看看如今的有清跟嫂嫂，在妳的帶動下，對人生懷抱希望，而我……也一樣。」

季知節不曉得自己給了別人力量。她只是想在這裡好好活下去，並未思考得太多。

「我不期望現在就能得到妳的答覆，等我回來以後，妳再告訴我答案，不管結果如何，我都能接受，可好？」

季知節猶豫了一番後，還是應道：「好。」

眼下，季知節確實不知該如何回覆江無漾，她需要時間考慮清楚。目前她江無漾是什麼樣的感情，自己也說不明白。

季知節幾乎是倉皇逃出江無漾房間裡的，等門關上，她才敢大口呼吸。

江無漾的要求獲得了季知節同意，他才放心下來。雖然季知節並未立刻開口選擇自己，但好歹他還有機會。

得到三日假期，江無漾打算在家好好陪伴家人，畢竟無法肯定這會不會是自己最後一次回來。

江無漾在鋪子裡幫忙，他跟季知節兩人都藏著心事，倒是與平時相處的情況不太一樣，怎麼看都有點尷尬。

連江有清都瞧出了異樣，她踱步到李歡身邊小小聲問道：「我怎麼瞧六哥跟四娘有點怪的？」

李歡順著江有清的視線瞧了那兩人一眼，隨即低下頭繼續算自己的帳。「有什麼好奇怪的，不是一向都如此嗎？」

江有清卻搖著頭道：「他們平時可不會這樣，妳瞧瞧，目光都不敢對上，幹活都只敢瞧著前面。」

李歡聽了以後，輕笑一聲。她怎麼可能瞧不出他們之間有狀況，大概是江無漾向季知節表明了自己的心意，兩人心裡都不平靜呢。

想到這裡，李歡打著算盤道：「妳就別操心他們的事了，快去幫忙。」

江有清撇了撇嘴道：「氣氛這麼尷尬，我怎麼好意思過去……」

李歡笑著抬起頭來對她道：「妳對著誰不尷尬？二公子？」

江有清的表情羞窘不已。「好端端的，妳提他做什麼？」

她的臉色一會兒白、一會兒紅，不好意思在李歡身邊待著，生怕她說出什麼驚世駭俗的話來，還不如去廚房看著江無漾跟季知節。

李歡明白江有清對孟九安的感情，雖說這兩人一見面就掐架，但她看得出來，江有清喜歡孟九安，只是……她還看不清孟九安對江有清是什麼態度。

她的目光移向廚房，落在忙碌的那三個人身上。

原以為孟九安會喜歡上季知節，可隨著時間過去，卻發現並非如此，孟九安對季知節更多的是商人之間的情義，而不是感情，孟百京來到錦城後，孟九安更是對季知節多了一股防備之心。

搖搖頭，李歡將注意力放回帳簿上。

如今這對兄妹總歸是要有自己的歸宿了，也好全了無波的心願。

江無漾之前不在的時候，知食記的生意更上一層樓了，季知節不僅將以前囤貨的錢賺了回來，又存進戶頭不少，她打算全取出來給江無漾帶走。他上華京用得上錢，而自己這裡每日收入都算穩定，並不需要煩惱。

第二日，季知節將存款都換成銀票取了出來，找上了江無漾。

江無漾見季知節來找自己，先是一愣，剛要開口，就見她將幾張銀票放在自己手中。

低頭一看，一共有二百多兩，江無漾詫異道：「這是？」

難道是想跟他撇清關係？他一顆心不禁沈了下去。

季知節道：「你此去華京，路上危險重重，多帶一點錢在身上，總是沒壞處的。」

「我是要同孟百京一起過去，所以這錢——」江無漾推託著，要將銀票塞回去給季知節。

季知節搖頭道：「不一樣，他的是他的，你的是你的。若有榮華富貴，或許還能共享；若是此行出了什麼差錯，他自身難保，又怎麼可能護得住你？」

江無漾微微皺眉，嘆了口氣道：「四娘妳……可能盼著我們平安？」

沒想到江無漾會這麼說，季知節有些傻住了，片刻後才笑出聲來道：「我不是這個意思，我自然希望你們一切都好，能平安回來，我只是想要你——」

她的話還沒說完，就被江無漾攬進懷裡，溫暖的胸膛、男性的氣息，瞬間將她整個人包圍住了。

季知節的耳朵貼在他身上，聽得見他劇烈的心跳聲，他嗓音低沈道：「我一定會活著回來，妳只需要考慮給我怎麼樣的答覆就好。」

別說是江無漾了，季知節的心也跳得厲害，半晌後她才應了一聲。「嗯。」

她回的這一聲，尾音不自覺地上揚。

季知節覺得自己越來越奇怪了，不敢再跟江無漾獨處下去，很快就從他懷裡跳了出來，倉皇逃回自己的房間。

看著她落荒而逃的背影，江無漾的唇角難得勾起了笑意。

月上樹梢，散發出柔和的光芒，將周圍的雲層都映出色彩。

「你要走了？」一道清亮的女聲帶著疑惑問道。

站在她對面的是位身穿月色錦衣的公子，俊秀的臉上寫滿了不捨，應了一聲道：「是，約莫半年後回來。」

「這麼久？」江有清神情遲疑，一顆心往下沈，她緩緩問道：「我六哥可是跟你一道去？」

孟九安怎麼都沒想到她會提起江無漾，猶豫了一會兒，還是點了頭。

江有清心想，難怪四娘和六哥兩個人怪怪的。「我知道了。」

她一說完話便打算離開，哪知孟九安身子一動，攔住了她的去路。

江有清不解地抬起頭，看向身前的人。

「妳就沒什麼要跟我說的？」孟九安的眼底透出水光，像是要把自己視線內的人給溺斃似的。

江有清的心像在打鼓，抿著唇半晌才說出一句。「路上注意安全。」

孟九安這才露出了笑顏。他笑起來很好看，那雋朗的模樣中帶著張揚的氣息，令人著迷。

她的心意跟他何嘗不是一樣的呢？江有清不是不明白孟九安的想法，只是她不能敞開心胸接受。

他就好比天上耀眼的太陽，讓人忍不住想靠近又望之卻步。她不過是一片溺水許久的浮萍，怎麼配得上那高高在上的太陽？

江有清說完話以後就窘迫地逃走了，生怕再待下去，眼裡的淚就會當著他的面落下來。

季知節收拾完廚房，出來以後沒瞧見江有清，便問李歡。「有清呢？」

李歡正在記帳，頭也不抬地說：「被人叫出去了。」

江無漾正在擦桌子的手頓了一下。

季知節一副心知肚明的表情，走到李歡身邊問道：「是那個人？」

李歡點點頭，隨即看向江無漾道：「無漾，等你了得空，該替有清張羅一下婚事了，她年紀已經不小，我瞧他們兩人似乎對彼此有情，若是他真值得託付，也是可行。」

「不行！」

李歡話音剛落，江無漾便立刻拒絕，很少看見他的反應這般大，季知節跟李歡皆是一愣。

江無漾沈下了臉，對她們兩人道：「孟家不行，太危險了。此事若能成，孟家會爬到什麼位置上，妳們也都清楚，難道又要看她回那個只能進不能出的華京嗎？」

他們好不容易才從華京裡面活著出來，說江無漾不害怕是騙人的。

說真的，她們兩人都沒想到江無漾會有這種想法。

季知節知道他也是擔心江有清，剛說勸說一兩句，就見江有清從外頭進來，眼眶泛紅，彷彿強忍著自己的情緒。

見他們三個人都在大廳裡，江有清對他們說了一句。「我先上樓了。」就快步跑上去。

季知節看著她的背影，嘆了口氣道：「瞧她這副模樣就知道她沒少考慮過一些事，要不要在一起，終究要看她自己怎麼想，其他人說什麼都沒用。」

不只是江無漾，江有清也有自己的心魔。旁人多嘴，根本毫無意義可言。

聽了季知節這些話，江無漾跟李歡都默默無語。

江無漾馬上就要啟程連夜趕回萊州，季知節給他做了不少乾糧，讓他在路上餓的時候吃。

馬車旁，孟九安看著這一幕，直搖頭道：「怎麼不給我準備一份，這麼偏心！」

季知節冷笑一聲道：「你想要，找旁人做給你就是。」

當著江無漾的面，孟九安不敢貧嘴提起江有清，只好撇了撇嘴，目光落在二樓靠街邊的窗戶上。

江無漾離開錦城已經有一個月了，天氣轉涼，日夜溫差大，但中午還是熱得很。

知食記的生意越來越好了，尤其是外賣這項服務，基本上天天爆單，她在焦和帶的孩子裡選了幾個有天分的，教他們做糕點跟炒菜，算是有了幫手，她不用從白天忙到晚上，多了些喘息的空間。

外賣雇的人員越來越多，現在光是送貨的就有十六人，她擔心焦和一個人管不來，還叫季暉跟他一起。

「茶鋪的趙掌櫃昨日尋了季暉，說想要跟咱們的外賣合作。」牛大壯向季知節匯報工作。

如今外賣事務基本上全交給焦和、季暉跟牛大壯三個人管理，只需要隔幾日再向季知節報告就行。

「趙掌櫃？」季知節合上帳本說道。

牛大壯點頭道：「天氣涼了以後，茶鋪上的生意比較不好做，他的鋪子離城中心有些距離，收益上不太好看，便想跟咱們合作，若是有想喝茶水的客人，就隨吃食一起送到客人家裡去。」

生意不好做？不應該這樣啊，她剛剛才將奶茶的方子給了趙掌櫃，此時應該很好賣才是。奶茶的方子她可是簽了獨家永久分成，只在趙掌櫃的茶鋪賣。

「趙掌櫃那裡的奶茶賣得可行？」季知節問牛大壯。

牛大壯回道：「奶茶的確賣得不錯，只是這東西比較甜，受眾不是那些在外頭跑的商戶，而是待在家裡的婦道人家，有些小姐不願意出門露面，才讓趙掌櫃想起外賣這條路來。」

原來是這樣啊，用外賣推廣奶茶倒也是個主意，季知節說道：「那暉哥兒怎麼說？」

季暉今天很忙，跟著焦和在外頭送吃食。

「季暉說，送是能送，可是得給相應的酬勞，不然跑外賣的人全靠咱們養可不行。」

季知節笑了笑，看來季暉這孩子還真是長大了。

「季姊姊，妳說這酬勞怎麼付才合適？」牛大壯想了許久，還是想不出什麼好方法來。

「你怎麼看？」季知節反問。

牛大壯想了一會兒，道：「單筆付最好，只是怎麼記帳是個問題，若是能給固定的金額，最方便。」

「可以。」季知節笑著對牛大壯說。

被她這麼盯著笑，牛大壯頓時不好意思地撓起頭來。

「那便讓趙掌櫃每個月繳五百文管理費。」季知節拍板定案。

「五百文？」牛大壯驚訝了。這麼多？

季知節搖頭道：「這錢可不多，你看咱們還要另外請跑腿的去拿不是？」

牛大壯點點頭表示理解。「那我去跟焦和說一聲，另外多備些人手，有了趙掌櫃，之後要使用咱們這個外賣的商戶就會更多了。」

「可不許跟人說趙掌櫃只收五百文，之後若是有其他託我們賣高價品的，咱們可要收得貴一點才是。」季知節叮囑道。

「明白！」牛大壯一路小跑著出去了。

季暉當日就傳了趙掌櫃的話，說他同意每個月五百文的管理費。季暉回來以後拿著季知節留在衙門的印信，便去衙門跟趙掌櫃簽字畫押，這事才算是成了。

處理好事情返回知食記後，季暉將錢給了牛大壯，瞧見季知節在廚房裡忙，轉身就進去對她道：「阿姊，跟趙掌櫃合作的事成了，另外我還在路上碰到其他商戶，他們也想跟咱們合作。」

季知節看了他一眼道：「這些事你跟大壯還有焦和商量就好，阿姊相信你們能做得很好。」

聞言，季暉兩眼發光道：「真的交給我們？」

季暉擋在門口，攔住了江有清的去路，江有清忍不住對他說：「真的真的，比珍珠還真，快給我讓一讓！」

這場面惹得廚房裡的人都笑了起來。

季暉臉色一紅，立刻給江有清讓了一條路，看著她的背影，季暉對季知節道：「我今日聽劉大人說，表哥他們已經快到華京了，聽說二公子好像受了傷。」

這話他可不敢當著江有清的面說。

季知節的手停頓了一下，道：「知道了，你快去忙吧。」

江無漾他們離開了這麼長一段時間，竟是連一封信也沒寫給家裡，也不曉得外面是什麼情況。

揭竿起義，只怕外頭的世界已是鬧得天翻地覆，然而錦城在這場動亂當中竟是平靜無波。

開餐館的好處就是方便打探消息，季知節便從商戶嘴裡得到一些訊息，像是孟家以江無漾的名義大舉朝華京進攻，一路還有不少州府響應，至於確切的狀況如何，無從得知。

這段時日以來，季知節表面上雖然一副若無其事的模樣，但背地裡卻挺擔心江無漾的。

她前世跟今生都沒談過戀愛，思索了很久，才大概明白自己對江無漾抱著何種心思——也許她是喜歡江無漾的，才會對他這般掛心。

「你說什麼?!」

營帳內正燒著熱水，隨著這暴躁的一聲狂吼，柴火也劈啪作響，隨即是一片死寂。

良久後，才有人畏畏縮縮地出聲道：「二公子，這也是沒辦法中的辦法，如今新帝施壓，難保其他跟咱們合作的州府不會生出異心。別看現在他們投靠咱們的陣營，可暗地裡都想將六皇子挖走，所以孟、江兩家聯姻是最好的選擇。」

江無漾聽著那位幕僚說的話，默不作聲。這便是眼前的現實，追隨的人越多，小心思跟小動作也越來越多，不少人向他表達過這想法，只是被他含糊地應付過去了。

相較於其他人，他更願意相信孟家。

「不可能！」孟九安一條胳膊纏著繃帶，他正坐在孟百京身邊，說得一臉堅決。

孟家只有兩個兒子，並沒有女兒，如何聯姻？

若要說女兒，那也是江家才有，可是讓江有清嫁給自家大哥，孟九安第一個不同意，說一千遍、一萬遍都不同意。

「你少說兩句吧。」孟百京給孟九安倒了杯茶。他很少見到弟弟這氣急敗壞的模樣，想來他是真的將江姑娘放在心上了。

孟九安身上的傷是為了替孟百京擋箭留下的，讓他不免為他擔心。

安撫完了孟九安，孟百京又看了對面的江無漾一眼，他低著頭，表情教人看不真切。

眼下形勢嚴峻，越是臨近華京，越是馬虎不得。

孟百京思索一番後說道：「此事稍後再議。」

見孟百京已下了命令，眾人便轉而說起其他事，孟九安的神色才緩了下來。

從頭至尾，江無漾都沒說過一句話。

第五十章　塵埃落定

「阿姊，這間布莊已經是這個月第十四家加入咱們外賣陣容的了，光是管理費，就能賺上不少銀子呢！」季暉看著帳簿，興奮得很。

知食記剛剛關門休息，伍正端著給他們的吃食到了大廳裡。現在的生意忙得很，一天下來難得有歇息的時間，除了送自家鋪子裡的吃食，還要送其他鋪子裡的貨。

簽了外賣契約的店家，招牌上都標記了個「季」字，有貨要送的時候，他們就會掛個紅色的牌子在門前，這樣跑腿的人一看就知道要送貨了，路過的時候順手就能送。

自從外賣這個系統被城內的眾人接受之後，使用這項服務的人逐漸多了起來，足不出戶也什麼都能買上，著實方便多了。

季知節為他們做完晚飯後，便從廚房走出來，季暉湊上去嬉皮笑臉道：「阿姊，妳看現在賺了不少錢，能不能拿出一點來給那些傳遞消息的聯絡員修繕一下屋子？」

聽見他的話，焦和拿著碗的手不禁一頓，詫異地看著季暉。

他這幾日剛好在想這件事。這些人住的地方原本就簡陋了一些，天氣熱倒是不要緊，冷起來便要命了。

季知節點頭道：「當然可以，你們幾個看著辦就是。」

說著，季知節跟他們坐在一起，看著焦和那張滿是心事的臉。

思索了一會兒，她道：「只要不違背本心，或是做出任何昧良心的事，你們三個人有什麼事情就自己商量著來，阿姊支持你們，錢多少都不是問題。」

季知節看起來是對負責管理外賣的人說這話，但其實她是特地對焦和說的。

此刻的焦和深受感動。

季暉是季知節的親弟弟，她對他好是正常的；牛大壯是一路隨她從西平村出來的，雙方的關係很緊密。

牛大壯在外賣管理上做得很出色，受季知節重用，掙了許多錢，牛大郎也在城裡租下一大塊地，養了許多雞。

焦和隨牛大壯去看過那塊地，聽他說，過不了多久，他們在城裡也能買上一間屬於自己的屋子，一家人別提多感謝季知節了，牛大壯更是將她當成自己的親姊姊。

可他呢？不過是被季知節抓住的賊，現在卻能跟著他們一道做事，她不僅將他當成弟弟疼愛，對小盒子也特別好，對於季知節，「感激」或「感恩」都無法充分表達他的心情。

「你這是怎麼了，好端端的幹麼哭啊？」牛大壯詫異地說道。

焦和哽咽道：「我只是覺得季娘子對咱們實在太好，想著想著就忍不住了……」說著，他將臉上的眼淚擦乾淨。

其他孩子感同身受，要不是季知節，如今的他們只怕偷盜搶掠、無惡不作，或許早就因為偷東西被人抓住，不是被打死，就是送去衙門關著。

季知節思索了一會兒，對焦和說：「可千萬別把我想得太好，你不如就這麼想，我給你吃、給你住，是因為你替我工作，你生活得好，幹活才能更賣力不是嗎？給他們修屋子、送吃的，也是因為如此。」

焦和點點頭。雖然季知節這麼說，他卻明白她用心良苦，不但給了遮風避雨的地方，更改變了他們的人生。

隨著時間過去，天氣逐漸變冷。

根據外面傳回來的消息，孟家、各州府的聯軍與華京的軍隊戰況激烈，孟家雖不乏支持者，但華京久攻不下，難免讓人心生退意。

光是聽到這些事，季知節就覺得江無漾他們實在不容易。

孟、江兩家聯姻一事，再次被幕僚提了出來，饒是孟九安再不同意，也無濟於事，畢竟形勢逼人。

江無漾只好對孟家兄弟說道：「我可以同意聯姻，只是要選擇誰，得看她自己。」

「阿姊、阿姊，我瞧見孟家兩位公子來了！」季暉一路從外面奔跑進門，臉上是止不住的喜悅。

季知節聽見了，連忙從樓上跑下來，問季暉。「表哥也跟著回來了？」

然而季暉的動作卻是一頓，對季知節搖頭道：「我並未瞧見表哥。」

季知節心頭一跳，但很快就鎮定下來，隨即甩了甩頭，將內心不好的想法甩出去。

江有清等人趕下來，賀媛聲音顫抖地說道：「六哥兒也回來了？」

自從江無漾離開後，賀媛便很少說話，臉上總是滿布愁雲。她已經沒了一個兒子，若是再沒了一個，只怕接受不了。季知節她們就算知道了什麼消息，也很少說給她聽。

季知節走到賀媛身邊道：「表哥還沒回來，如今孟家兩位公子都來到錦城，華京那邊總是要表哥守著才是。」

賀媛聽了，不發一語，只是眼眶不由得紅了。

焦和朝外頭瞧了瞧，只見火光一片，迅速將街道照得明亮，兩匹烈馬出現在街道盡頭處，為首的人的確是孟百京與孟九安沒錯。

他小聲道：「怎麼瞧著他們好像要到咱們這裡來一樣？」

「大公子，喝點茶。」季知節端著剛泡好的茶來找孟百京。

還真被焦和給說對了，孟百京與孟九安的馬廄停在知食記門外，孟九安一下馬就把江有清給拉走了，兩個人現在正說著話。

原本季知節是打算偷聽的，只是孟百京在外面守著，倒是教她不好意思過去了。

「多謝季姑娘。」孟百京接過了茶水，見季知節的目光總是飄向孟九安與江有清說話的房間，他忍不住笑道：「此番回錦城，其一是因為形勢嚴峻，為了穩固各方之勢，孟家想與江家聯姻。」

「聯姻？」季知節詫異不已。難怪孟九安會如此著急。

孟百京點頭道：「我們過來這裡之前，江公子給江姑娘寫了一封信說明情況，只是如何選擇，全憑江姑娘決定。」

聽見「江無漾」三個字，季知節想問孟百京他過得好不好、有沒有受傷，但張了張嘴，又不知該怎麼說。

季知節終究沒問出口，她對孟百京笑道：「大公子不為自己爭取一下嗎？」

她說這話的時候，目光是看向那個房間的，若是與江有清成親，日後孟家得勢，皇位就不難到手了。

孟百京的眸光一直停留在季知節身上，聞言緩緩道：「其二，我是為了妳才回來的。」

季知節更驚訝了。「我?!」

「是。」孟百京回答得毫不猶豫。「若是我不說，怕是以後再也沒機會了，妳可願意跟著我走？」

他那樣冷靜平和的一個人，此刻難得露出不安的表情，話已經說了出來，已無後悔的餘地。

季知節覺得全世界忽然間都安靜了下來，只剩下兩個人。然而她腦海中浮現的人，並不是孟百京，而是江無漾。

也是在這樣的夜晚，他匆忙地趕回來，說了那些話，說要她等他回來。

一片靜默。

孟百京也不催促季知節，只是耐心地等待她回答，季知節逐漸回過神來，雙眸變得明亮，嘴角帶著笑意道：「我答應了一個人，要在這裡等他回來。」

笑意在臉上逐漸擴大。現在季知節才徹底明白自己的心意，她是喜歡江無漾的，在不知不覺間。

孟百京有些失落，搖搖頭道：「在路上時我想過許多遍，不曉得妳會不會答應我，縱然已經做足準備，可聽見妳這些話，還是有些難過。」

「抱歉。」

「感情的事沒什麼抱歉不抱歉的，但凡有機會，總是要試一試，不是嗎？」

兩人正說著話，緊閉的房門被人從裡面打開，江有清看見外面站的人時有些驚訝，雙眸中不經意地流露出了幾分嬌羞。

季知節明白江有清的心意，先她一步開口。「去吧，要是錯過了機會，可就再也遇不上對的人了。」

孟九安跟在江有清身後出了房門，爽朗一笑道：「季姑娘說得對。」

說著，他朝孟百京挑了挑眉，似乎在問：你那邊情況如何？

孟百京對他搖了搖頭。

江有清與孟九安先下了樓，他們還要去找賀媛。

季知節也打算離開，卻聽見孟百京在她身後說道：「我來這裡之前曾問過江公子，是否要一起回來。」

聞言，季知節停下腳步，回頭不解地看著他。

孟百京繼續說道：「他說怕自己回來以後，便再也不想離開。」

季知節聽了，臉上綻放出笑容，道：「多謝大公子。」

「妳可有什麼話要我帶給他？」

季知節搖搖頭道：「有些話，等他回來我再告訴他。」

江有清跟孟九安的婚儀定在三日之後，雖然時間倉促，但該有的東西全都準備妥當，這也足以證明孟九安的用心。

孟家主要盤踞在萊州府，江有清會在錦城出嫁，再前往萊州府。賀媛她們不好跟著她去萊州府，便在錦城的孟家酒樓擺上幾桌酒席慶祝，再由季暉與牛大壯帶著幾個人將江有清一路送去萊州府。

因為江有清的婚事，季知節難得給知食記的員工放了兩天的假。

江有清哭著讓季知節隨自己一同前去萊州府，被她給拒絕了。即便陪她去了那裡，雙方總歸要分別，她就不讓彼此白白難受一頓了。

季暉跟牛大壯從來州府回來的時候，同季知節說了許多途中發生的事。為了不讓孟、江兩家聯姻，他們甚至遇上了埋伏。好在大公子運籌帷幄，將賊人給抓住，只是大公子不慎受了傷。

孟九安一路上都盡全力保護江有清，看樣子確實喜歡她，也夠真心。能嫁給自己喜歡跟喜歡自己的人，季知節很為江有清開心。

日子一天比一天冷，濕潤冰涼的空氣自四面八方襲來，路上的行人越來越少了。嶺南地區不下雪，季知節看著外面下著的大雨，心想如今華京該要下雪了吧。

上個月便聽人說新帝遭過去的六皇子江無漾手刃，取了項上人頭，最終是孟百京的父親登上皇位，改國號為「順」。

她在錦城裡感受不到半點動盪，以至於想起這件事情時，便覺得已過了許久。

大雨下個不停，季知節在窗邊站了許久，穿得又單薄，不免有些冷。她正打算將窗戶關上，目光忽然落在樓下不遠處。

方才她站了許久，竟是絲毫未察覺到樓下站著個人，那人穿著一身蓑衣，靜靜站在與蓑衣顏色相似的牆邊。

那人不知在雨中站了多久，正抬頭仰望著自己，臉上還帶著笑意。

季知節的心，漏跳了一拍。

江無漾瞧窗邊的身影消失不見，接著迅速出現在自己眼前。

季知節打著傘，雨滴聲在傘上噼啪作響。「回來了怎麼不進門，在這裡站著做什麼。」

江無漾日夜兼程趕了好幾天的路。離家這麼久，他早已歸心似箭，只是到了家門口，他忽然不敢進去——這就是所謂的近鄉情怯吧。

原就在樓下站了許久，又逢季知節開了窗，見到心心念念許久的人出現在眼前，他更是邁不動步伐。

「沒站多久。」

見江無漾的臉全被雨水打濕，季知節將傘朝他傾斜過去，她穿得少，肩頭被淋濕後，更覺得冷了。

江無漾從季知節手中接過傘替她打著，帶她進了屋。

他的身上全濕，季知節忙讓他先去換身衣服，否則生病了可不得了。

江無漾無比順從，進了房間。

他的房間與離開前完全一樣，乾淨如昔。等換好衣服從房裡出來，就見季知節正在替自己燒水。

江無漾想了一會兒，轉身去二樓見自己的母親。妹妹已經出嫁，她的膝下只剩下自己一個。

季知節在江無漾的房間內等了許久才等到他回來，見他雙眼微紅，問道：「你見過姨母了？」

江無漾應了一聲，聲音是哭過以後的沙啞。

季知節不由得有些動容，起身站起來道：「水已經涼了，我再去熱熱。」

她剛剛站起身來，身子的重心就向後偏去，下一秒便落入了一個溫暖的懷抱。

季知節稍稍動了一下，就聽見頭頂上方傳來聲音。「別動。」

她不敢再動，任由江無漾摟著，反正已經認清了心意，便順從自己的感覺。

見季知節這般聽話，江無漾輕笑一聲道：「這樣抱著妳，才感覺到妳是真實存在的人。」

季知節也笑了。「不真實存在，難道是假的不成？」

話剛說完，才覺得江無漾這話有些古怪。莫非他經常想著她？思及此，她不由得紅了臉。

季知節轉過身，雙手環住江無漾的腰，他的身子一僵，但很快便放鬆下來。

做出這般大膽的舉動，季知節能感覺到自己的臉越來越燙，不過好在江無漾看不見。

不用季知節說什麼，江無漾已經明白了她的心意。他輕輕拉開她的身子，給她看自己手上的東西。

「這個你是從哪裡找到的？」季知節詫異地看著那半塊玉珮。

正是她手中玉珮的另外一半，在流放的路上被搶走的信物。

季知節拿出從江無漾那邊收回的半塊湊在一起，正好是一整塊。

「也是機緣巧合下得到的。」江無漾的目光裡滿是柔情。「四娘，我再以此玉為聘，妳可願嫁我為妻？」

「好！」季知節回答得毫不猶豫，臉上是濃濃的笑意。

四年後。

「季娘子，妳這酒樓什麼時候裝修好啊？」

官瓷窯廠對面，一棟三層高的樓正在重新裝修。季知節在錦城裡買下一個大院子，一家人便從鋪子裡搬出去。之後她將這樓買下來，決定改裝成酒樓。

「快了，再等上個十日便成了。」季知節邊指揮工人裝修，邊對著外面的人說道。

那人朝樓裡看了一眼，道：「今日怎麼不見江大人跟妳一道？」

江無漾如今統管萊州府，時常忙得抽不開身。

「他啊，聽說織布坊裡新招了幾個姑娘，就特地過去瞧瞧。」季知節笑道。

那人明顯不相信，道：「錦城裡誰不知江大人對季娘子的戀慕，竟是將萊州府衙都搬到錦城裡來了。」

季知節笑了笑，不再說話。她說的倒也不假，江無漾聽說織布坊裡的織布機速度慢，便去瞧瞧能不能改良一下機器。

孟百京如今被封為太子，替順帝處理公務；孟九安被封為梁王，正帶著江有清四處遊山玩水，上個月她還收到江有清的來信，說是過不了多久便會到錦城來。

「江大人來了！」

聽人朝自己的身後呼喊，季知節就轉了個身，恰好對上江無漾帶著笑意的眼眸。

季知節對他伸出手道：「咱們回家吃飯。」

「好！」

眼前的幸福雖然再平凡不過，卻是他們攜手用心打拚而來的。

這一生，無憾。

——全書完

2024年6月出版

養娃好食光

文創風 1268～1270

「店家，兩碗荔枝楊梅飲，要放冰～～」
身懷絕妙廚藝的她就好這一口，
賣相鮮豔誘人，吃了更是甜上心頭！

日好家潤，福氣食足／三朵青

穿越到古代已經夠驚嚇，還沒名沒分當了景明侯世子程行彧的外室，
雲岫很想扶額，前世的學霸人生怎麼能栽在今生的戀愛腦上？
又聽聞程行彧要迎娶別的高門女子，她終於心碎夢醒，打包行李走人，
靠著好廚藝跟過目不忘的本事，走到哪吃到哪賺到哪，餓不死她的，
而且她不孤單，肚裡懷了程行彧的娃，以後母子倆就一起遊遍南越吧！
五年後，她跟閨密合開鏢局，做起日進斗金的物流生意，堪稱業界第一，
兒子阿圓更是眾人的心頭寶，成了天天蹭吃蹭喝的小吃貨一枚。
孰料平靜日子還沒過夠，一場遠行讓雲岫再遇苦尋她的程行彧，
原來當年他另娶是為辦案演的戲，情非得已，卻聽得她怒火噌噌噌往上漲──
這麼大的事，他竟自作主張瞞著她？說是為她好，實則插了她一身亂刀。
如此惹她傷心根本罪加一等，想當阿圓的爹，先拿出誠意讓她氣消再說！

別出心裁，與眾不同／雁中亭

2024年6月出版

廢柴么女勞碌命

荒唐恣意，是保住一條命的小心機；
兼容並蓄，是引領國家進步的真諦。
且看她融合古今科技，成為前無來者的女帝！

文創風 1263 1

身為一名頂尖外科醫師，卻在為患者動完馬拉松手術後猝死，
若要問這個悲慘的經歷帶給了趙瑾什麼教訓的話，
她會說：無論如何，「保住一條小命」最要緊。
正因如此，當趙瑾發現自己穿越成武朝的嫡長公主，
且可能被捲入皇儲之爭時，立刻偽裝成「學渣」，
怎麼荒唐就怎麼來，被當成混吃等死的廢柴也無所謂。

文創風 1264 2

趙瑾實在是想不通，選了一個出乎眾人意料的駙馬又怎麼了，
覬覦皇位的那個人，有必要在他們新婚三天就把她擄走，
甚至揚言要她替自己生下子嗣嗎？也太心急了。
不管怎樣，雖然火速平安獲救，她的信念卻更堅定了；
絕對不生孩子，說什麼都要遠離紛紛擾擾的朝堂。
於是乎，趙瑾拉著把她當女神的丈夫——侯府次子唐韞修，
結伴同去青樓競標花魁，大把大把銀兩往外撒……

文創風 1265 3

解決水災與瘟疫事件之後，趙瑾與唐韞修兩人「死性不改」，
堅定地過著你儂我儂、逍遙自在的享樂人生，
然而，意外到來的小生命卻引發波瀾，讓局勢變得更加複雜，
先是有人企圖用藥改變孩子性別，後有王爺帶兵謀反。
就在趙瑾接受自己即將落得「一屍兩命」的悲劇下場時，
她那平時一副紈袴子弟模樣的駙馬竟大顯神威，
率軍降服逆賊，無懈可擊地瀟灑了一回。

文創風 1266 4

儘管擺脫了通敵的嫌疑，趙瑾仍選擇帶著一家人離開京城，
只不過「天高皇帝遠」的生活終究有個盡頭，
一回到宮裡，她就悲劇地發現當年努力接生的皇姪竟有心疾，
偏偏皇帝哥哥還指名她代理朝政，然後自己閉關不見人？
這下趙瑾算是真切體驗到一國之主到底有多悲哀了，
她不但被剝奪了在一旁嗑瓜子看朝臣吵架的樂趣，
更差點遭堆積如山的奏摺淹死，簡直生無可戀。

文創風 1267 5 完

說起那幫認定只有男人擔得起重責大任的迂腐臣子，
趙瑾實在懶得理會他們，橫豎這個監國不是她想當的，
什麼蒙蔽聖上、謀害皇子、篡位奪權……愛怎麼說就怎麼說。
遺憾的是，利慾薰心者根本不管如今還在打仗，
傢伙一抄就上門逼宮，讓人想當作沒這回事都難，
既然如此，她乾脆來個一網打盡，順勢為朝廷大換血！

文創風
1275

異世娘子廚師魂 下

國家圖書館出版品預行編目資料

異世娘子廚師魂 / 顧非著. --
初版. -- 臺北市 : 狗屋出版社有限公司, 2024.07
冊 ; 公分. --(文創風 ; 1274-1275)
ISBN 978-986-509-538-3(下冊 : 平裝). --

857.7　　113007934

著作者	顧非
編輯	連宓均
校對	陳依伶
發行所	狗屋出版社有限公司
地址	台北市104中山區龍江路71巷15號1樓
電話	02-2776-5889～0
發行字號	局版台業字845號
法律顧問	蕭雄淋律師
總經銷	知遠文化事業有限公司
電話	02-2664-8800
初版	2024年7月
國際書碼	ISBN-13　978-986-509-538-3

本著作物由北京晉江原創網絡科技有限公司授權出版

定價290元
狗屋劃撥帳號：19001626
網址：love.doghouse.com.tw　E-mail：love@doghouse.com.tw